爱生长的季节

柏言 著

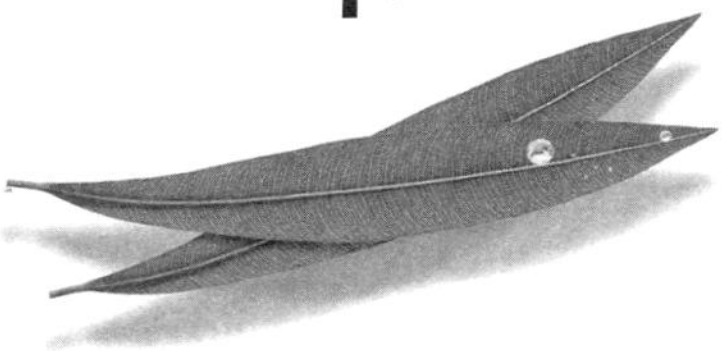

群言出版社
QUNYAN PRESS
·北京·

图书在版编目（CIP）数据

爱生长的季节 / 柏言著 . -- 北京：群言出版社，2016.4

ISBN 978-7-5193-0103-3

Ⅰ. ①爱… Ⅱ. ①柏… Ⅲ. ①长篇小说—中国—当代 Ⅳ. ① I247.5

中国版本图书馆 CIP 数据核字（2016）第 093227 号

作　　者：柏　言
责任编辑：张津津
封面设计：仙　境

出版发行：群言出版社
社　　址：北京市东城区东厂胡同北巷 1 号（100006）
网　　址：www.qypublish.com
自营网店：https://qycbs.tmall.com（天猫旗舰店）
http://qycbs.shop.kongfz.com（孔夫子旧书网）
http://www.qypublish.com（群言出版社官网）
电子信箱：qunyancbs@126.com
联系电话：010-65267783　65263836
经　　销：全国新华书店
法律顾问：北京天驰君泰律师事务所

印　　刷：北京鑫瑞兴印刷有限公司
版　　次：2016 年 6 月第 1 版　2016 年 6 月第 1 次印刷
开　　本：880mm × 1230mm　1/32
印　　张：8
字　　数：166 千字
书　　号：ISBN 978-7-5193-0103-3
定　　价：25.00 元

目录

自序

小说《爱生长的季节》起笔于 2014 年初夏。窗外，树上鸟儿雀跃，蝉鸣此起彼伏，万物缠绵。写过两千字的时候，我已经喜欢上它。我仿佛看见一匹匹骏马，向我奔跑而来，仿佛与我陪伴，共度时光。

小说里的人物，一个个朝我走来，一个个面目清晰起来，我与他们朝夕相处，与他们情感日渐深厚。我看见他们隐约的苦痛，我听到了他们轻轻的呢喃。爱情是信仰吗？如果是信仰，为什么会改变；如果爱情不是信仰，为什么又让人念念不忘。

小说完成的那个深夜，书桌被灯光暖暖地照着，春节的年味浓浓的，我记忆犹新。

小说写作初衷是明确的，它与我的心愿形影相随很多年。创作时我想到生命，想到生命、情感、命运的无常和关联，想到人性的欲念和欲望，这些问题没有一个人能够回避，欢乐和痛苦亦源于此。人与人之间的差别，在于如何对待自己的欲念和欲望。人的一生，是一个个无常连接起来的，每一个不同的无常，决定了每一条不同人生的路。

一部小说完成，表达了作者独特的感念。而缤纷多色的感受，必是来自于读者，仿佛一块投入湖水的小石，涟漪的形状来自于水。那么，读者能否从我的小说里，获得一点点释怀。那么，读者能否从我的小说里，自觉一点点恻隐之心。那么，读者能否从我的小说里，内省一点点希望。

亲爱的读者，你可否告诉我呢？

感恩给予我创作灵感的万事万物。

柏言

2016 年 4 月 12 日

第一章 当小王子遇见都教授的时候

或浓或淡的每一天，是我们生命河流中的一杯水、一粒沙、一颗珍珠。

1

星星撩开夜幕的窗帘，探出眼睛，看着地面，说悄悄话。栀子花散发盛开的幽香，和风，暖暖的，轻轻地飞扬。

草坪上，点燃的四堆篝火，东西南北，围成一个天然剧场。一张张兴奋的脸庞，在篝火和星光的辉映下，熠熠闪亮。

你也许就在这故事里。你的青春，你的年华，你的喜乐忧伤。当然，你可以不告诉我，你是谁。

或浓或淡的每一天，是我们生命河流中的一杯水、一粒沙、一颗珍珠。

天空上的星星，正安静地遥远地照耀这片绿色草坪，仿佛淡淡的舞台灯光。

我的故事已经开始。你看，廖一蕾和王一敏，两位主持人一起出场，拉开了夏令营晚会的序幕。

“今晚，星光之下，我们欢聚在一个美丽的地方，学校春风话剧社团将与我们分享一个美丽的故事——话剧《当小王子遇见都教授的时候》。”廖一蕾挺拔地站在舞台中央，手握话筒，充满激情地开场。

“《当小王子遇见都教授的时候》是学校话剧社团的同学自编、自导、自演的话剧。今晚，让我们尽情欣赏他们的才华。”王一敏站在廖一蕾身旁，手握话筒，抑扬顿挫地接着说道。

“现在，请用最热情的掌声，欢迎小王子和都教授他们。”停顿片刻，王一敏提高分贝继续说。

在同学们的掌声和雀跃声中，话剧开演了，演员们登上了舞台。

谁也没有留意，此时此刻，话剧的编剧郎涯，正悄悄地离开，与篝火，与草坪，与人群，渐行渐远。

郎涯一路狂奔。

学校运动会 1500 米的长跑，除了乔布朗，没有人能够跑赢他。

月光星光，隐约照着地面，郎涯脚底下的路很是平坦，他由衷觉得老天多么通情达理。

“风啊，你总跟在我身后。”郎涯心中念念有词，仿佛心上有一条轻巧的树枝，那些心里的话宛若小鸟，在树枝上雀跃。他感觉到，所有的风，都跑他身后去了，而风，仿佛并不吝啬让他听到它们的窃窃低语。

郎涯的眼睛，似乎看见了，那个等候在跑道终点的人。他的双脚仿佛安上了滑轮，顺溜地快步前行着。

夏季的夜晚，那般静谧人稀的地方，才会有些凉爽。

2

郎涯在学校声名鹊起，源于他的才情。每次作文比赛，无论区级的，还是市级的，他都是学校首先推荐的参加人选，而且，每次比赛，他都能获奖。学校大门口右侧，有一排玻璃橱窗，里面粘着各式奖状、搁着各式奖杯，它们似乎把学校的脸抹得金光锃亮，郎涯的奖状就在那里展览着，美滋滋地给人看着。

或许，正是因为郎涯屡屡为学校争光，所以，老师对郎涯的早恋故事，虽然有所耳闻，但态度总是睁一眼闭一眼，而同学中间，郎涯的恋爱故事已流传甚广。

郎涯从小信写得好。

小学四年级的时候，第一次给女生写信。班里有个女生叫小芳，水灵灵的一双大眼睛，乌黑黑的两条小辫儿，坐郎涯前排右侧。

有一天，是个阳光灿烂的日子，太阳老大远来到教室，郎涯忽然就想写信给小芳。那时候，郎妈妈正迷着琼瑶。

第一封信交给小芳的时候，郎涯似乎并不害怕，他从书包里拿出语文课本，然后翻开课本，翻到夹着纸条的那一页，左手依然拿着书，右手拿纸条，叫了一下小芳的名字。小芳侧过身，愣愣地看一眼郎涯，然后接过纸条，打开看。

小芳同学：

天苍苍，地茫茫

你是我永恒的阳光

郎涯

看完纸条后，小芳扭过头跟郎涯笑一笑，露出两个小酒窝。郎涯也腼腆地笑一笑。

后来，郎涯每天交给小芳一张纸条。

那时候，郎涯喜欢阳光，常常会看得见阳光里缤纷的颜色。他跟同学讲，太阳光是赤橙黄绿青蓝紫的，有很多种绚烂的颜色，可同学都说，看不见。郎涯还知道，阳光像火一样，会燃烧。太阳烈的时候，寻个空地，用凸透镜和一张纸，他就有本事找到阳光的焦点，不到一分钟，纸就能被点燃。

有一天，小芳的同桌轻轻地问小芳："今天的信呢？"

问话被郎涯听到了，他瞬间觉得很难为情，原来，他的信被小芳同桌看了。郎涯一直以为，信是自己和小芳两个人之间的小秘密，忽然知道被别人发现了，心里面很难过。

第二天早自习的时候，小芳扭过头，跟郎涯甜甜地一笑："昨天的信呢？"

郎涯迟疑了片刻，然后从书包里拿出信，红着脸递给了小芳。

小芳灵巧地转回身，马上打开纸条看。

小芳同学：

你是风儿我是沙
缠缠绵绵绕天涯
人海茫茫
山长水阔知何处
浪迹天涯
从此并肩看彩霞

郎涯

看完后，小芳扭过头，再跟郎涯甜甜地一笑。

后来，班主任知道了郎涯给小芳写信的事情。奇怪的是，郎涯没说，小芳没说，小芳的同桌也没有说。

那是一个春光明媚的早晨，阳光一束束的，从室外照到同学们的桌上、课本上、衣服上、头发上。

班主任挺着大肚子，轻轻地，从教室后门走进来，悄悄来到郎涯身后，拍一下他的肩膀。郎涯扭过头看，愣了一下，随后立即站起身，悄悄地跟着班主任去了办公室。

3

郎涯跟在老师身后走，他心里迷迷糊糊的，大概的想了想，可还是没想明白，老师把他叫过去，要讲什么事情。

走进办公室，来到班主任的办公桌前。班主任拉开椅子坐下，然后拿了几个金橘，递给站在一旁的郎涯。“不吃，不吃”，郎涯对班主任说，可是他没客气了几下，就开始吃了。几分钟后，郎涯用班主任递过来的餐巾纸，潦草地摸一下嘴巴，再象征性的擦一把手，还没忘对老师说声“谢谢”。

“你平时晚上几点钟睡觉？”班主任露出关切的目光。

“妈妈不让超过十点钟。”郎涯看着老师回答。

“你看小说？”老师看着郎涯的目光没有变，而老师的嘴角，比刚才微微往上翘了一些。

“嗯。妈妈喜欢琼瑶。”郎涯说话的时候点点头，脸上微微渗出隐约的红色。

“老师以前也很喜欢琼瑶的小说。”班主任说话的声音，听上去很肯定。

“我看到你摘录琼瑶小说里的句子。”班主任继续说，目光移向办公桌上的作业本。

郎涯的脸，霎时成了西红柿，他感觉自己的脸，像是被滚开水浇了的猪头，热烫热烫的，正“噗噗噗”越滚越烫。不过，班主任似乎并没有发现他的变化，郎涯的心跳由狂乱的、不整齐的节奏，过渡到节奏整齐的快速跳动，随后似乎又稍稍恢复了正常的节奏。

那节自习课，班主任柔声细气地跟郎涯说了很多话。

有些话郎涯听懂了，有些话似懂非懂。有些话郎涯记住了，有些话听过没记牢。

然而，很多年以后，郎涯依然清楚记得：那个春光明媚的早晨，太阳光照在班主任的办公桌上，班主任头发的颜色，一边是金灿灿的，另一边是黑黝黝的，那天，班主任表扬他写字有进步，还说，喜欢别人是因为有爱心。班主任还告诉他，她不想再重复讲他给女生写信的事情了。

郎涯踮着脚步，悄悄回到教室。他轻轻走到自己的座位边，小心翼翼地拉开櫈子，可屁股碰着櫈子的瞬间，不小心弄出了声响。他匆匆看一下周围，然后回过神来。这时候，他仍然没有注意到，小芳的大眼睛和小芳同桌的小眼睛，早就齐刷刷地看着他，光芒里一样放射着十万个好奇。

“老师叫你什么事啊？”小芳笑一笑，忍不住轻声地问了句。

“今天不给你写信了。”郎涯也跟小芳笑一笑，红着脸轻声回答道。

“明天呢？”小芳又问，大眼睛在太阳光照耀下，波光粼粼。

郎涯低下头，左右摆动几下，吞吞吐吐地说：“你不要收别人的信啊。”随后又抬起头，对小芳说，“过成人节的时候，我会给你写信的。”

郎涯记住了他答应班主任的话，过成人节后才给女生写信。

4

郎涯再次给女生写信时，已经度过了他的成人节。只是，后来的信，没有交给小芳。

人生总是这样难以预测的。我们沿着河岸，走过去才知道，哪儿是转角，哪儿该直走。

郎涯远远看见了肖妹。

“妹妹！”郎涯压低声音，边喊边跑，眼睛里全是闪闪烁烁的光芒。

肖妹修长的脖子和苗条的身体，先后转向郎涯。白色连衣裙裙摆，在微风里飘动。

仿佛在电影剧情里，是一次重要接头，气氛紧张而神秘。他们在距离对方三米开外的地方，几乎同时停住脚步，四目相对。

街道上，零星的有人过往。

郎涯快速走过去，拉起肖妹的手，迈开腿就跑。

邮局门口，他们停了下来，背靠墙面，急促呼吸。

“跑不动了。”肖妹的身体起伏得厉害，呼呼地喘着气。

“你看，那么多星星。”郎涯用手指指天空。

“呀，我好像很多年没有看见星星了。”肖妹兴奋地说，肖妹的目光随着郎涯手指的方向，眺望天空。

那是建造在度假区里的，一条民国时期的影视拍摄街景。

他们来到一家药铺，郎涯走到柜台后面，俨然一个店掌柜的。

“自习室怎么走？”肖妹四处张望后神秘地问，目光投向门外。

“举头望明月。”郎涯做着翻账本的姿势，并不抬头看说话的人。

随后，他们不约而同地控制着爆发的笑声，毕竟，周围安静得连蚂蚁走路的声音都可以听得见。

九月份，学校里随处可见橘红色的石榴花。

郎涯从小养成一个习惯，是郎爸教导的，他每到一个新的地方，都先看看周围环境，看看“紧急出口”“安全通道”，电梯、楼道的分布，然后将图标各就各位安置在脑袋里，随时备用。郎爸对郎涯说，这很重要。

办好新生入学手续，安顿好寝室和行李，郎涯开始独自逛校园。

“请问，自习室怎么走？”郎涯向迎面走过来的肖妹询问。

郎涯后来给肖妹写的第一至第十封信里，都有这样一句话：“入学的第一天第一个遇见的是你，是缘分。”

那一年，他十七岁。

5

药铺前面是一家书店，再往前是银行，银行前面是报馆。

月光很皎洁，安静地照在青石板地上。郎涯和肖妹的脚步，敲击在青石板上，在空旷的街道里，响起脆脆的回声。

一阵风轻轻吹过，仿佛静谧的夜晚，有了一点动静。

郎涯把肖妹拉得更近。他们能够碰得到彼此裸露的手臂，心里面都暗暗喜欢。

走到报馆前，肖妹想坐一下。

报馆的门关着，于是，他们在门口石阶上坐了下来。

星星远远地看着他们。

云飘移过的地方，天色黯下去，又亮起来，又黯下去，又亮起来。

一只黄色的小猫，婀娜地从他们对面走，回过头来“喵”一声，有劲地抖动几下尾巴，然后走着猫步，迷离地消失在夜色里。

夏夜，活动最频繁的生物大概要数蚊子了。它们像是嗅到了美餐，向郎涯和肖妹频频发起了进攻。

“蚊子大概最喜欢 B 型血了。”肖妹整理着裙边，轻声说道。

“我是 B 型血，你呢？”郎涯看着肖妹，笑着问。

“我也是。”肖妹看着郎涯说。

“那我们俩人都是蚊子喜欢的了！”郎涯想用手在膝盖前来回扇几下，驱赶蚊子，但他随即放弃了这个念头。

郎涯站了起来，转身把肖妹也拉起来。

他们突然安静了，相向而立的身体，一动不动。

他们预感到将会发生什么，仿佛也期待着发生什么，但是，他们都真的不知道接下来会如何。

风儿吹过来，一阵涟漪，荡漾在心里。风动，心动。

大脑瞬间空白之后，郎涯的双臂，听从自己内心的召唤，一把将肖妹抱进怀里。

他们占领了整条街道。这一条布置成民国时期的拍摄街景，他们是唯一的男女主角。

郎涯和肖妹相拥在一起。肖妹的双乳，仿佛两枚大印章，轮廓清晰的印盖在郎涯胸前。肖妹的后背，仿佛成了夜色中一道风景，郎涯在景区孜孜不倦地浏览。当郎涯的手在肖妹后背发现了一道屏风时，他多想绕着屏风走到前面去看看啊，但是，他的手不敢，一直迂回徘徊，而他的心已经绕过去。

两种声音一起跟郎涯说着话，似乎有理性的声音，也有感性的声音。

郎涯低下头去吻肖妹，他们仿佛两名新生，一起解答新题。

隔着连衣裙，肖妹感觉到郎涯身体的变化。郎涯平坦的腹部下方，有一杠越来越结实的异物蹭到了她的腹部，忽然之间，她无师自通，恍然了悟，原来会这样的啊，肖妹羞涩地觉得自己俨然已经是个女人。

他们都是第一次接触到异性的肉体。对方的变化，以及带给自己的变化，让他们感受到一股巨大的吸引能量，神秘而美好，他们对此心照不宣。

原来，美好的事物还包括人的身体，这是他们以前没有意识到的。

6

篝火旁的同学们，眼睛里燃烧着一坨坨小小篝火，心里面都有一片蓝蓝的海。有些海，浪大汹涌，有些海，浪平波缓。

话剧《当小王子遇见都教授的时候》的演出，似乎令同学们打开眼界。

第一次见到学校著名美女廖一蕾真人的同学，都惊叹不已，忍不住窃窃私语。

“快看，美女，名不虚传啊！”男生女生都会这么说。

“身材超级好，看她的腰，有一米七的个子吧？”一些高个或矮个的男生会猜测、议论。

“我喜欢她的鹅黄色连衣裙。”廖一蕾的着装，也令一些女生羡慕。

……

那些对乔布朗仰慕已久的女生，当场对乔布朗一见钟情的女生，她们不管是否表露出来，内心都澎湃着。个别大着胆曾经悄悄给乔布朗写信的女生，此时羞涩而窃喜，仿佛她们与乔布朗的关系更亲近一层似的。

“他很像都敏俊啊！”女生赞慕的声音。

“帅透了。”不仅女生那么说，连男生也会那么说。

“兄弟，我们还活不活了。”一些男生发出绝望的调侃声。

……

见到过王一敏的同学，男生会跟身边的人说，我认识他，或者他认识我，仿佛认识是一件很牛的事情。

“你看，演小王子那个，王一敏。”认识王一敏的男生会主动介绍。

“他是校篮球队的。”知道王一敏更多情况的男生会补充说。

“他们班级很牛，他是班长。”也有一些知情的女生会那样评价。

……

舞台上，扮演都敏俊的乔布朗，他款款走向扮演千颂伊的廖一蕾。

“如果有必要相遇，就终究会遇到的，不是吗？如果遇不到，就说明我们之间没必要相遇。”乔布朗深情地凝视廖一蕾，然后拉起廖一蕾的手，走向王一敏。

王一敏身穿修长的礼服，手持一把剑，造型打扮跟小说里的小王子几乎一样。

“这是我的邻居，我的朋友，来自 B612 号星球的小王子。”乔布朗微笑着说，再一次柔柔地看一眼廖一蕾。

“小王子，我们在地球上相遇了。”乔布朗的视线离开廖一蕾，随后转向王一敏，热情洋溢地说道，仿佛意外遇见了久别重逢的好朋友。

王一敏的脸色霎时绯红，如果是在大白天，同学们还以为他怯场呢。然而，怯场从来不是王一敏的特长。

王一敏曾经用他作为班长的话语权，想极力证明乔布朗更适合扮演小王子。但最终，除了廖一蕾没有发言外，王一敏的想法被同学和老师全票否定了。

要知道，扮演《来自星星的你》主角都敏俊，是当今大红大紫的韩国影星金秀贤。自然，话剧里的都教授必须由学校最帅的同学扮演，这似乎是大家心照不宣的期待。

其实，即便排演武打戏，玉树临风的角色，仍然不一定会轮到王一敏，这一点同学们心里都明白，只是王一敏自己不服气的时候，会拿出一套“内在”与“外在”、“形”与“神”等等，貌似哲学的道理来说服大家。有的时候，王一敏竟然能让部分同学忘记了他们原来的想法，好像从来都跟王一敏是一个立场的。

除了乔布朗和廖一蕾，没有人知道王一敏额外添加了台词。

“人类啊，你们勤劳的手如此美丽。”廖一蕾的手被王一敏从乔布朗手里拉出来，而后匆匆放下。

王一敏增加的台词和动作，让廖一蕾差点笑场，但她立即控制住了，念咒语似的对自己说，决不能笑走样。

乔布朗被王一敏突如其来的台词砸蒙了，幸好反应快是乔布朗的优势。

“是啊。小王子，你怎么来到了地球上？”乔布朗迫不得已补上一句台词，而后，他飞快瞪一眼王一敏，仿佛是说：“下不为例。”

即兴发挥后的王一敏，竟演得越来越自然起来。

“我的花儿生病了。”他朝舞台一隅神情忧郁地说道。

“人类那么多花儿，他们是怎样驯养的呢？”小王子显得更加忧心忡忡，浓眉下的双眼有些茫然。

7

江南便秘一样蹲在一隅，扮成花儿。她本来还是蛮高兴的，因为可以上台表演。但后来，一位同学的创意改变了她的心情，令她仿佛哑巴吃了黄连，有苦难言，而提出创意的同学，因为创意得到了采纳，满心地欢喜自豪。

彩色纸折成一个个花瓣，直挺挺地竖立在江南脖子上，悲催的是，江南的脸被一团纸围住了，花瓣上抠出的两个小洞，是她此刻走向外面世界的通道。

“王一敏，你说话不能快点儿吗？！”江南麻木着自己的脸。

她想起幼儿园的时候，有一个女老师，记不得姓什么了，只记得每天早晨，女老师都让小朋友在厕所里蹲很长时间，往往在小朋友心动，而身体尚未敢动的时候，女老师再次奇迹般出现，令小朋友仿佛见到了救星，把他们蹲着时忍耐着的痛苦，瞬间遗忘在九霄云外，重新燃起对女老师的喜爱。

江南的双眼，穿过特制的通道，一眼看见观众之一的焦书桓，见他正傻愣愣地朝自己笑。

你又看不见我，有什么好傻笑的，江南心里想。她最不喜欢跑步的时候被焦书桓碰见，如果他正巧还在傻笑，江南就更不喜欢了。

江南的运动强项是短跑。运动会起跑的那声枪响，每次都会调动她身上所有神经，让她全身每个细胞都亢奋起来，那个时刻是她反应最快的时刻。

有一次运动会，江南意外顿了一下，起跑慢了，于是，她对自己说："拼了"，然后，她竭尽全力，蹭蹭蹭地一个一个赶超上去。跑步的时候，她明显知道，自己的乳房上上下下，有些负担，可难为情的感觉一闪而过，她顾不到了。

当江南气喘吁吁第一个冲到终点的时候，见焦书桓正瞧着她看，她有些无名的气恼。她故意路过他跟前，顺便朝他翻了个白眼，仿佛不朝焦书桓翻那一眼，她自己就会被恼得翻白眼似的。

江南发育算是早的，小学六年级就来例假了，初一的时候就戴文胸了。那时候，班里有一个男生，给江南取了个绰号，而江南最后一个才知道。

那段时间，经常有男生说到“武装带”，然后他们就相互会意地嬉闹。江南是从那些男生说话的语气和表情上，渐渐明白“武装带”跟她有关。

有一天，大雨倾盆，天空哗哗地哭，不知道老天遇上什么伤心事情，雨水怎么都停不下来。而室内的男生女生却开心成一团，因为体育老师说，体育课就在教室里自由活动，他还让体育课代表去办公室，拿来了军棋、象棋、跳跳棋，发给各小组长。

有几个男生坐不住，他们就在教室里嬉闹，飞来跑去，空气里充满了球鞋味、潮湿的怪味。江南又听见他们说“武装带”，还一边说一边比划。

江南忽然明白过来，“武装带”就是指她戴文胸呗！当时，班里只有她一个女生戴文胸，年级里也没几个女生戴文胸的。那时候，如果江南不戴文胸，基本上她就不能走路，更不能上体育课了。江南当时认定了，给她取绰号的那个男生，很讨厌，她在心里面将他判为小流氓。而很多年以后，那个男生成了一家旅行社的头头，还组织了一次小学班级的集体旅游。

8

江南嘟哝着嘴巴，视线离开了焦书桓，她看到了班主任沙池。忽然一股暖流涌上她的心头，她的心仿佛一下子软坍下来，柔柔的，暖暖的。只有班主任，像中学老师们那样待她最好，江南感叹道，心里对班主任充满了感恩之情。

江南知道，就她而言，像初中时那样博得所有任课老师眼球的情况，在 H 中学这样一个高手林立的学府，那是痴心妄想，是天方夜谭。当然，她不全怪其他老师，因为又聪明又勤奋的同学实在是太多！简直不知道他们是不是人类。

H 中学是省会城市的一所重点中学，生源是 Z 省各校最优秀的学生。进了 H 中学，一只脚就已经踏进了重点大学的校门。

H 中学的每一个学生，都曾经是母校老师们的掌上明珠、同学们的学霸，各种比赛竞赛活动，都可见他们驰骋的身影。所以，进入 H 中学之前，大部分同学对“山外有山，天外有天”的概念，没有太确切的感受。

第一次年级摸底考试成绩的公布，仿佛一块大石头扔进了静谧的湖泊，让所有同学重新定位，重新认识自己。就像各门派武林高手，闭关数载习武，终有一天可以参加武林大会战了，谁都以为能争得霸主，而实战比试下来，各门派的武林地位才水落石出。

“我心如刀绞。”江南盯着年级排名第 225 名的成绩单，说出了她在 H 中学的第一句名言。

江南脱口而出的话传遍了整个教室，显然她没有心理准备。

廖一蕾诧异地看看江南，不知道怎么安慰她。

“我以为学习是我的强项。”江南回过神来，调低了说话音量，面含不惑地对廖一蕾说，毕竟她是被初中学校保送到 H 中学来的。

窗外的香樟树长着茂盛的枝叶，廖一蕾闻到香樟树悠悠的清香。

9

学校里有一个人工小山坡，叫“心镜”——不知哪位学长取名的。据说从前是一个不知名的小财主的地盘，如今人工修建，保留了一些原来天然的东西，看起来浑然一体，风水尚佳，颇有灵气。几乎学校所有恋爱的、暗恋的、失恋的同学都知道那个地方。

心镜地处一面大镜子正对面，其实，从大镜子里看不见小山坡。一排枝叶茂盛的香樟树，阻隔了镜子的视线。那镜子可不是照妖镜，用来照妖怪的。镜子每天精神抖擞，一尘不染，像一个恪守职责的门卫，伫立在同学们去课堂的必经之路。

肖妹收到郎涯第三十封信的时候，他们悄悄地，分头来到心镜。然而，第二天，他们的约会已被列入“每日七八卦”的排行榜第一，震惊了当时高一年级和高三年级的同学。

上八卦排行榜的那个学期期末，郎涯和肖妹恋爱了。

10

雪，一大早就开始飘飘洒洒地落下来了，落到香樟树上，落到心镜的小坡上，落到操场上，落到篮球架上，落到教学楼的房顶上，落到教室的窗台上。

未到中午，雪花已经变成鹅毛般大，整个校园银装素裹，像刷遍了白色奶油一样。

课间休息，几支打混仗的小队伍，打着打着，玩着玩着，不知不觉变成了两支打雪仗的大队伍。雪仗因打仗队伍的壮大，而打得轰轰烈烈。

女生在靠近教学楼的旁边堆雪人，依然能够融入雪仗激烈的氛围之中，零零散散帮忙堆雪人的男生，看上去像极了后方的勤务兵。

晚自习结束的时候，地上的积雪已经满到小腿肚上了。

郎涯在回寝室的路上等到了肖妹。

自从俩人被八卦后，肖妹尽量避开了郎涯。也许是因为明天就放寒假的缘故，也许是因为明天开始，他们不是想遇见就能遇见的，想说话就可以说话的，总之，郎涯和肖妹停下来了，站在雪地里说话，他们甚至都没有注意时间。

有时候就是这样的，即将消失的东西，才会去倍加关注。

郎涯说，爸爸妈妈为给他取了名字费了一番脑筋，很多好听的字，配上“郎”，就不好听了。

郎爸郎妈曾经在两个相距很远的城市读大学，好像彼此在海角天涯。“涯”就是纪念他们不能相见的那些相思日子。

“妈妈说，大学时候很多同学都谈恋爱，但毕业时全班只剩下她一个继续下来。”

“蛮不简单的。”肖妹一边说一边不自禁地笑了起来。

郎涯见肖妹笑，心里自然高兴，也笑。但从她的笑里看出一些话，便忍不住问，笑什么。

“没什么。”肖妹笑得更厉害了，因为她听郎涯满怀深情，对自己名字赞不绝口时，脑海里竟冒出“狼牙”两个字，她有些自责，却忍不住不笑。

“妈妈说她现在挺怀念那些日子的，觉得那时候的天涯海角很浪漫。”郎涯继续给肖妹津津乐道有关他名字的故事。

月光大把大把地洒下来，铺满了地上的白雪，泛起茫茫光亮。天气很冷，它并不因为，此刻两颗年轻心脏热血沸腾，而变得温暖一些。

“你怎么不戴手套？”肖妹惊讶地发现，郎涯大冷天的不戴手套。

“不习惯，不冷。”郎涯摇摇头，笑着对肖妹说。

从这天开始，肖妹才知道男生基本都不喜欢戴手套。

郎涯和肖妹约定，寒假里经常联系。

新学期开始，他们像明星一样的公开了恋情，他们一起去图书馆，一起去自习室，一起去食堂。

11

其实，很多同学都去过“心镜”那个小山坡。有的成双，有的落单。每一个去“心镜”的同学，以为自己神不知鬼不觉，秘密得天衣无缝。

然而，H 中学因为有了一些具备当优秀“狗仔队”潜质的同学，所以，去过“心镜”的人，或迟或早都会被八卦的，这似乎应念了一句很拽的话：出来混总是要还的。

有关郎涯和肖妹的八卦是最具爆炸性效应的，而最奇葩的八卦要数王一敏和廖一蕾了。

总有一些人，他们精力过人，满眼都是爱，不被困难压垮。H 中学就有这样的同学。无论课程多么紧张，作业多么繁杂，但是，听课之余，作业之余，他们仍然会热衷做一些自己愉悦的事情，比如，类似非诚勿扰的“速配”，比如八卦等等，他们甚至用上了社会学、遗传学、统计学等理论。然而，在诸多“速配”名单里，前无古人，后无来者，历来没有人把廖一蕾和王一敏配成一对的。

12

风轻云淡，天气怡人，是一个春游的好日子。

电影《金陵十三钗》，使“秦淮河”被大众普遍知晓，随后热播的电视剧《四十九日·祭》，也是根据严歌苓小说《金陵十三钗》改编的。“秦淮河”又一次提升了知名度。

出发去秦淮河之前，教务主任对着麦克风，热情洋溢地给大家讲话。

不知道哪里飞来一只鸽子，扑闪扑闪着翅膀，绕着主任徘徊，一下子抢走了主任的风头，吸引了同学们的注意力。主任挥了好几下手，鸽子终于犹犹豫豫地飞走，然后，主任不得不再补充说了几句。

秦淮河旁，一间间连排的小屋，齐齐的躺在河的一侧。阳光将小屋照耀得通透明亮。

同学们从一间屋，窜到另一间屋，有说着的，有闹着的。

焦书桓从毫无防备的江南头上，出其不意地撸走她扎头发的手绢，然后撒腿就跑，他一口气跑到前面的一排小屋，停在一个房门口。

一米七五的个头，肩膀倚着门框，拿着江南的手绢，扭捏地用手挥呀挥。

“来呀，来呀，你们来呀！”焦书桓装腔作势道。

同学们知道他在模仿青楼女子。女生咯咯地笑起来，笑得假装不放肆。男生忍不住冲过去，和焦书桓一起嬉闹扭捏，引得女生继续笑。

江南正气恼着要追赶焦书桓，夺回手绢，见乔布朗过来，就向他求救。

“你想把手绢要回来？”乔布朗笑着问江南，随后一转身，以运动会跑步的姿势和速度，跑向焦书桓。

这时候，廖一蕾、王一敏、郎涯，另外还有几个同学，他们也热闹开了，正如火如荼地说着秦淮河，说着《金陵十三钗》。他们从电影说到电视剧，从电视剧说到小说，再由小说讲到作家、演员，海阔天空。

“我印象最深的是十五岁的豆蔻，她被日本兵捆绑在椅子上，最后被活活弄死了。”因为跟男生一起说话，所以，廖一蕾没说出“轮奸”这个词。

“我印象最深的是被俘的中国军人。书上讲，他们被日本兵用手指粗的绳子，绑成一串又一串，步伐整齐的，顺从的朝江边行走，在极冷的夜里，在日本兵几十挺机关枪下，霎时间，上万人成了一堆堆模糊血肉。”王一敏说，他没有看电影和电视剧，他看的是小说。他说，他看到这里哭了。

“我印象最深的是赵玉墨她们，为了救教堂里的那些女学生，她们替女学生去唱诗，那肯定是有去无回的。”郎涯说，他很难过这个悲伤的结局。

“赵玉墨她们虽然是风尘女子，可是，也不至于不能活下去啊！”郎涯继续说。

他们越说越投入，越说越热闹，乔布朗、江南、焦书桓也被吸引过来了。

“是啊，是啊！都是人命！”江南也加入了话题。

“当作家真不容易啊，把残酷的事情写出来，写的时候心里一定很难过吧！”江南感叹道，好像她本来要当作家似的。

“你又不当作家，伟大的服装设计师。”焦书桓挑衅道，而后嘿嘿地笑。

“是呀，以后无论上哪所大学，我都选服装设计专业。”江南语气肯定地说。

“郎涯，你以后学什么？”乔布朗问郎涯，随手捋一下略长的刘海。

“如果能考上一流的大学，我可能会选哲学。”停顿数秒钟后，郎涯表情诚恳地说道。

“但是，你学哲学以后做什么工作呢？”廖一蕾睁大了眼睛，不解地问郎涯。

大家不知不觉说起了各自的理想，从理想说到未来，又从未来回到眼前，说到高考。

春游，让同学们忘掉了作业，忘掉了值日，忘掉了平日里让他们烦心的琐琐碎碎。

春游回来，同学们带回了春光，带回了欢乐，自然，也带回了八卦。王一敏和廖一蕾，一个班长，一个班委，两个靠谱正面人物，在秦淮河，那样一个貌似不靠谱的风尘之地，被同学们八卦了。同学们甚至前所未有地为八卦取名，用上了一个数学术语“无解”。

其实，就在学校组织去春游的前一天晚上，王一敏在心镜附近，已经神奇地巧遇了路过的廖一蕾。王一敏匆匆递给她一封信。

13

话剧中，乔布朗扮演的都敏俊，与廖一蕾扮演的千颂伊，已经坠入爱河。

“要发生的事情总会发生的，无论人们是否情愿，地球人把这叫命运。是吗？”乔布朗俯下头，温柔地对廖一蕾说。

“是吗？”廖一蕾的大眼睛望着乔布朗。

“人类容颜易老，生命易逝，如果时光流转，徒留我一人，依然是年轻、帅气的模样。那又有什么意义呢？”乔布朗握过廖一蕾的手，继续说。

“所以，我们要相爱。”乔布朗把廖一蕾的双手，放到自己胸前。

观众里不知道是谁先发出异样的声音，于是，同学们立刻更兴奋了。

“都敏俊、千颂伊，都敏俊、千颂伊……”

“乔布朗、廖一蕾，乔布朗、廖一蕾……”

虽然，话剧演出没有安排啦啦队，但同学们竟自发地组织了起来。

喊声越来越有节奏，越来越响亮，不一会儿就变成了全场的统一互动。一张张脸，笑成一朵朵花。同学们自律着的情绪，此时此刻，宛如决堤的岸，无阻无拦地爆泄。

谁都知道，兴奋的同学们想干什么，无非是想看乔布朗和廖一蕾，接下来有更让他们兴奋的动作，比如，拥抱啦，接吻啦，等等，似乎同学们已经沉浸在他们自己的幻想当中，仿佛已经看见乔布朗和廖一蕾亲密拥抱。

当然，也有担心乔布朗和廖一蕾真的拥抱的同学。

乔布朗和廖一蕾的下一句台词，只能静静地排队，等候在同学们的喧哗后面。

在一旁的王一敏走到舞台一侧，两只手掌，一横一竖交叉在一起，做了个暂停的手势。

不一会儿，同学们不情愿地将自己放纵的热情收敛一些。

14

江南从花瓣上的两个洞看出去，乔布朗、王一敏和廖一蕾，都在她视线内。

每次看见王一敏和廖一蕾在一起，江南都有一种成就感，这种感觉，有时候是有意识的，有时候是无意识的，仿佛廖一蕾和王一敏的事或多或少跟她有关联。

没错，江南是第一个知道他们俩秘密的，不过是廖一蕾告诉她的。

有一天晚上，廖一蕾从上铺探下头来，递给江南一封信，信是王一敏写给廖一蕾的。

“保密。”廖一蕾对江南轻声说道。

廖一蕾是男生女生都认可的学校大美女，而且，她的学习成绩排名，从来没有落到50名之后。前50名是什么概念？这么说吧，全年级1000个学生，从第1名排到第980名左右，不出意外的话，都将是重点大学的未来学生。

“都敏俊，我们一起回星球吧！”小王子王一敏对乔布朗都敏俊说，脸上露出恳切的表情。

“你的花儿会着急的。”乔布朗看着王一敏，表示很同情。

“是啊，我担心我的星球刮风了，花儿会感冒的。我的花儿虽然长着刺，我还是担心她对付不了毛毛虫。”小王子越来越忧郁，看上去心思很重。

“可是，你为什么不回星球呢？”小王子不解地问都教授。

“地球上数不清的花儿，可是，人们并不驯养她们！”小王子语气有些急促了，他想到人类的一些事，似乎很生气。

江南看见王一敏生气的样子，仿佛很能够理解他的心情。江南觉得，王一敏和廖一蕾在一起，这个世界才是妥当的。她鄙视那些搞“速配”的同学，他们总把乔布朗和廖一蕾配成一对。哼，太表面化，太势利，太肤浅了吧，想到这些，江南似乎也有点生气起来。

“我喜欢那个女人。太喜欢了。不管是一个月还是两个月。我只是想和她在一起。就算不能回到原来的星球。就算要死在这里……”都敏俊乔布朗对小王子王一敏说着话，他用手指向一边的千颂伊廖一蕾。

“她是我的花儿，她爱我，我爱她。”乔布朗继续说。王一敏点点头，仿佛听明白了，而眼神却瞬间表达了另一种意思。

15

乔布朗恰好在江南正对面，江南觉得他的台词，好像讲给她听的。真帅啊！

看着乔布朗表演，江南双腿的麻木感没知觉了，她第一次这么长时间地看一个男生，她忽然意识到花瓣给她的安全感，她想起春游那天，乔布朗跑步的样子。

草坪上，篝火依然，星光依然，同学们的热情依然。

小王子王一敏走到千颂伊廖一蕾面前，然后绕着廖一蕾，慢慢地转了一圈，再停下脚步，认真地看了看廖一蕾，同学们顿时又唏嘘骚动了一阵。

“小王子，你知道吗？人类生命并不漫长。人类害怕死亡，你知道为什么吗？”乔布朗对王一敏说的时候，王一敏慢慢转过忧郁的脸，面向乔布朗。

“因为忘却。在我存在的世界，就算我消失，世界依然如故，只有我会被忘却……”此刻，乔布朗看上去像一位哲学教授。

“这么说，人类经常会忘了他们前人做过的事情？”小王子露出疑惑的表情。

“你在地球上有那么多牵挂啊？”王一敏对乔布朗感叹道，随即又看一下廖一蕾。

乔布朗说，是啊，他希望能够帮助到人类。

16

郎涯写话剧剧本《当小王子遇见都教授的时候》，最初想让小王子留在地球上的。可他后来想，小王子一定不会习惯留在地球上。

确实是那样。小王子像人类驾驶飞机那样降落地球，他只能自己驾驶飞行。他那个修飞机的好朋友，早已回到地球了，而且，后来发生了一件非常令人悲痛的事情。1944 年，安托万·德·圣埃克絮佩里，那个法国人，他在一场人类的空军飞行任务中失去了性命。

小王子飞行的时候，觉得地球真是个庞然巨物。他飞过山川河流，越过森林平原，他看见有些地方秀美如画，有些地方干涸贫瘠，甚至土地都干裂了。

“是的。人生没有足够让人类懂事的那么漫长的时间。”都教授对小王子说，人类常常忘记他们经历过的灾难，受过的苦难。所以，他们常常会重复一些无意义的事情，他们甚至对重现一些苦难麻木不仁。

“偏巧的是，我爱的花儿在这里，所以，我就希望她生活的地方更美好。”乔布朗穿白色衬衣，一套灰色西装，长长的单皮眼，目光有神，挺拔的鼻梁，略长的刘海，看上去很有韩国影星范儿。

谁也不是天生就会有明星范儿的，乔布朗也是。

初中二年级之前，乔布朗相貌平平，学习成绩平平，父母常被班主任老师召唤，听情况反馈。但乔爸爸和乔妈妈始终相信，自己家儿子是好样的。后来，新来一位班主任，说也奇怪，乔布朗像是变了一个人。小鸭子一样细密柔软的毛毛，从乔布朗嘴巴周围冒出来，个子一下子蹿到一米七八，而且，身体发育，似乎脑子也发育了。初三时，学习成绩，已经名列年级前茅。

乔布朗与郎涯是公认的学校才子，星月文学社社长竞选的时候，两人只差一票。

演讲的时候，乔布朗激情澎湃地说，青春是一缕洋溢的春风，青春是一朵夏日的荷莲，青春是理想，是梦想，青春是爱，是无悔。

假如有一千种掩饰，也无法掩饰乔布朗蓬勃的青春气息。

“讲得太好了。”同学羡慕地赞叹道。

郎涯的演讲也不逊色。演讲前一天晚上，他和乔布朗一起熬夜写演讲稿。

乔布朗当选文学社社长后，立即组织社团招募。报名的同学很踊跃，女生占了大半。

“怎么那么多女生报名？”焦书桓看着乔布朗手里的报名表，讪讪地问。

“我怎么知道！”乔布朗没好气的回敬道，想就此打住焦书桓。

故事讲到这儿，忽然不知道往下先讲什么。很多想告诉你们的事情，不知道先说什么。你们是不是也有过这样的时候？比方说，你喜欢上一个人，有很多话要倾诉，尽管心里面预演过无数遍，却仍然不知道说的时候先说哪一句。

好吧，如果前面讲的，不是你喜欢的，那么再往下翻翻，听我接着讲，或许会有你喜欢的。

第二章 情为何物

他们唱出的每个音符，都在空中飞舞，仿佛从他们每个细微的毛孔都溢出活力，绽放着青春与欢乐。

1

舞台上，一直蹲在一隅，扮成花儿的江南，双脚麻木的近乎不能动弹。

扮成花儿为什么必须蹲着呢，江南忽然想到了这个问题，她真后悔，当初排练的时候，怎么就没有考虑到蹲着的艰苦，且不说那悲催的圈住脖子的花瓣，怎么就没有对“蹲”提出异议呢？花儿难道都长得矮么，难道没有长得高一些的花儿么，花儿不能长高，能不能再长矮一些呢，江南心里想得乱七八糟的，她实在蹲累了。于是，江南索性慢慢的，悄悄坐地下了。不会被发现的，她侥幸地想，反正裙子完整地盖住了大腿，盖住了脚踝，坐下比站起来好，如果站起来，花儿一下子长高了，台下的同学肯定会发现的，不如变矮一点。

“这不怪我。”江南心里自言自语地安慰自己。

蹲在一隅的江南，唯一可以大幅度自由动作的，就是脑子。她的身体基本不动，思绪却仿佛像跑马场一样，有几匹野马在场地上奔跑。她想起以前班里的一些事，一些同学。以前班里的那些男生，一百个加起来还不如一个乔布朗，她痴狂地想。

如果不是后来在念大学的时候，谈了一场恋爱，被深深爱过，江南也许会一直以为，自己和乔布朗是在恋爱。因为，她每天都会把乔布朗的身影、笑容、说过的话等等，像放电影一样，在脑海里来来回回地播放。

江南想，如果乔布朗不爱我，为什么跟我说话的时候，对我笑得那么好看？如果乔布朗不爱我，为什么二话没说，就帮我抢回了手绢？如果乔布朗不爱我，为什么发作文本的时候，小心翼翼地放得那么轻？……

那时候，江南不知道，有一种单恋的爱。

后来，江南渐渐明白了，乔布朗的笑容虽然永远都是那么好看但并不是因为她的缘故。再后来，江南渐渐明白了，她当时的“恋爱”叫暗恋，是她独自一人与自己的遐想恋爱。而让她明白这个道理的，是大学里一个很文艺范儿的学长，那时候，江南跟学长谈了一场很文艺的恋爱。

有一天，秋风乍起，户外开始有了一些凉意。大学校园里，学生的衣着，五花八门。单从衣着看，几乎不能准确判断出季节。

傍晚时分，学生的去向是最五花八门的。

江南呆在寝室，她室友忽然拉着她去阳台。

“你看，那个经常在楼下弹吉他唱歌的男生。”室友兴奋地用嘴巴朝楼下呶了一下，算是指点给江南看了。江南朝楼下望去，那个弹吉他的男生——看上去五大三粗的，头发正被秋风温柔地吹拂着，向耳朵两边微微地飘起。

“好像是大二的，喜欢唱许巍的歌。”江南淡淡地说，原来唱歌的男生，经常在自习室和食堂遇见。

“你认识啊？！怎么从来没听你说起过啊？！”室友一下子像打了鸡血似的，两眼炯炯地望着楼下。

“在寝室没想起过这事，你让我怎么说啊？”江南的目光从楼下收上来，转眼看着室友，似乎丈二和尚摸不着头脑。

“你知道水木年华吗？”室友依然炯炯的目光看向江南。

“知道。”江南点点头回答。

“你知道老狼吗？”室友炯炯的目光不离不弃地看着江南。

“知道！怎么啦？！”江南不知道室友会告诉她什么。

“你知道羽泉、知道黑鸭子吗？”室友似乎对提问意犹未尽。

“知道的，你说么，怎么啦，那些跟现在有什么关系嘛？！”江南有些不耐烦起来。

“好吧，看来你还不够认识他。他就是像水木年华一样的人，组建了一个乐队，有一个演唱组合，已经很有影响力了。”室友对江南说着，她炯炯的目光又回到了楼下。

“嗨，那么有名，为什么我不知道呢？”江南终于叹出一口气，笑了起来，转身离开了阳台。她看见室友双手搁在窗台上，上半身趴着，脑袋似乎已经放在窗台外面了。

后来，弹吉他唱歌的男生，看见每次阳台上出现的人，都是江南的室友，终于忍无可忍，换了一个弹奏唱歌的地点。他开始出没于图书馆的必经之道，出没于江南宿舍与食堂的必经之道。

2

江南移居到省会城市之前，生活在农村。她的小学是在镇里读的。那时候，江南每天清晨背上书包，带上饭盒，走一个小时路程，从家走到镇上，那样一走就是六年。

江南来到 H 城上学之后，觉得小学班级里的大部分同学，跟 H 城的同学差别很大，只有她的小学同桌是个例外。

小学一年级到六年级，大部分任课老师都是不换的，江南印象最深的是体育老师。体育老师很凶，要打学生的，但是，班里有几个男生不怕他。

有一天，江南记得是在初秋，天气已经凉爽。天空云飘万里，云层仿佛河里的浮标，倒挂在空中。

“老师打学生啦，快去看，快，快。”一些人急急忙忙地从江南身边跑过，边说边往前跑，仿佛去赶一场即将收摊的集市。江南听到那些声音，心脏似乎一下子抽紧了，她莫名其妙地随着人流奔跑过去。

然而，当江南闻讯赶过去看的时候，班上一男生已经挨揍，也就是说战斗已经结束。江南看见，鲜血正从男生鼻子里流淌出来，他的嘴角也渗出鲜红的血颜色。会不会牙齿被打掉了，江南这样猜测的时候，心脏怦怦地剧烈跳动。

这个时候，班长费力地撩开人群，跑过去像是对体育老师劝说什么。体育老师冒着热气的脸，正面对着班长，两眼瞪了一下，二话没说，就毫不犹豫地给了她一个正面巴掌。班长愣在原地，早就忘记了哭，而她周围，没有一个同学敢吭声。

一阵沉默之后，挨揍的男生，用右手一抹鼻子，看了看染上血迹的手，然后翘起头，眼睛盯着前方，脸部抽搐着倔强的肌肉，一颤一颤的，从歪歪扭扭的肌肉里，一个一个地蹦出三个字："你——等——着。"随后，他身板僵硬地一个一百八十度转向，经过人群迅速让出的通道，走向前方，消失在体育老师的视线里。

大约几天以后，黄昏时分，没有夕阳，天色灰蒙蒙的，来来往往的人，行色匆匆。

江南路过学校百米开外的空地，碰巧看见，有几个男人，手持棍子，正在狠狠痛揍体育老师。江南确信，那个挨揍的人正是体育老师。当时，没有人围观，路上来来往往的人，仿佛都行色匆匆。或许是因为黄昏，行人都赶着回家，所以，江南远远地看过去，视觉上没有任何阻碍，似乎那场打斗，是在一片寂寥中速战速决的，没有几个回合。

江南看见，体育老师平时的拳脚功夫不太顶用，他的背部、屁股、腿部，成了几条棍棒进攻的重点。有一个瞬间，体育老师抓住了其中一条棍棒，抬起左脚，像练少林寺武术那样，先收腿，然后再朝棍棒的方向奋力一蹬腿，可对方在敏捷的送了几寸棍棒的同时，一个闪身躲开，体育老师就差点在自己重力的作用下躺倒。

在扯打过程中，体育老师的运动裤，哗啦一下被扯破了，终于，他一个踉跄，身体侧卧倒地。此时，那几个男人向躺地上的体育老师，狠狠地看几眼，嘴里不知道嚷嚷着什么，然后转身离去了。

大约有一分钟，战场一片宁静，而后，只见体育老师单手撑地，从地上爬起来，拍拍裤子，随即又将即将滑落的裤子提起，用一只手揪住裤腰，脸朝向那几个男人的背影，一动不动的停顿了好一会儿。他不知道，裤子的屁股已经分成了两半。

那是江南上小学的时候，目睹的最惊心动魄的打人事件。平时，个别老师揪学生耳朵，打几个嘴巴都不会引起轰动的。

江南来到 H 城后，发现自己很喜欢城市的生活，喜欢新学校的同学和老师。

她开始一天又一天地想象未来，她的梦想的火苗，已经点燃，在她眼里，每天都有奇妙的光亮。不止一次，她梦见自己，像电视里那些服装设计大师那样，璀璨夺目。很多模特，都穿着她设计的服装，在 T 台上，在霓虹灯下鱼贯而出，走着漂亮的猫步。闪光灯，一片一片地亮。到那时，妈妈可以不用辛苦替别人打工了，每次做那样的梦，江南都会在梦里笑出声来。

因为赵妈妈的一句舍不得，江南便如愿以偿了，跟随父母来到城市，每天和父母生活在一起，每天都很高兴。她喜欢妈妈烧的家常饭菜，喜欢妈妈烧的鱼汤、油爆河虾、香菇炒青菜等等。江南吃什么都香，只是她特别喜欢吃的，妈妈都不怎么爱吃，总是说胃不好。多年以后，江南才知道，妈妈的胃从来都是好好的。

3

江南的四季越来越不分明了。初夏，天气已经开始炎热。

有一天，下午最后一节英语课上，江南被班主任沙池从课堂上叫了出去，她跟着班主任，回过头对廖一蕾轻声说了一句，很快回来。然后随班主任走出教室。

下课了，廖一蕾对其他值日的同学说，我来打扫教室吧，江南书包还在抽屉里，我要等她一下。

教室里空荡荡的，只有廖一蕾一个人，她已经打扫好教室，坐在自己的座位上，开始写作业。

大概过了半个小时的时间，江南低着头，慢慢地走进教室，在廖一蕾身边坐下。然后，她依然低着头，开始默默地整理书包。廖一蕾发现她眼睛红红的，好像哭过了，便小心翼翼地问，怎么啦，话音才落，江南的眼泪立刻刷刷的掉下来，仿佛廖一蕾的问话是一道水库的闸门，闸门一开，泪水便汹涌而出。

"我小学同桌，跳楼死了。有人来了解他的情况。"江南断断续续说道。

许久没有说话的声音，教室一片寂静，只有她们头顶上的吊扇，吱呀呀地不停转动，发出似风非风的声响。

"她凭什么跳楼啊？"江南又断断续续地跟廖一蕾自言自语，心中有万般的怨屈。

"我们以前……一起爬……树，摘柿子。我们两个……在家里……都……不会……挨骂的。"江南哭着说。

江南说，同桌是在星期三早晨，悄悄地从教学楼最高层，五楼的房顶，跳下去的，外表看不出受伤厉害，全是内伤。

江南暂停了说话，哭出声来，廖一蕾的情绪完全被她感染。廖一蕾也一起掉眼泪了。

“你说，以后她妈妈怎么办啊？”眼泪从江南的下眼睑溢出，顺着她的脸颊往下淌。

“如果我在那里，或许会知道原因，她一定会告诉我的，究竟出了什么事情，有一个说的地方，她或许就不会跳楼了。”江南一心设想同桌不寻短见的可能，仿佛有了那假设，现实就会改变似的。

“如果我死了，我妈妈一定会非常非常悲痛的。”江南越说越伤心，几乎胡思乱想起来。

教室依然空荡荡的，只有两个女孩子坐在里面哭。她们各自脑海里浮现出一幅幅画面。

忽然，江南被廖一蕾的哭声震了一下，她惊讶地问，你，怎么啦？

“我想妈妈。”廖一蕾的话像是说给自己听的，可江南还是听清楚了。

“你没有和妈妈在一起？”江南搓了搓眼睛，看了一眼廖一蕾。

廖一蕾告诉江南，她想起妈妈给她送伞的事情。

那天中午，雨，像从天空上倒下来一样，还伴着风。廖一蕾早上出门上学的时候，天气是晴朗的。下午放学时，雨还下着而且越下越大。廖一蕾正在教室门口踌躇，看见妈妈走过来，肩膀一侧被雨水淋湿了，手里拎了一把伞。

到家的时候，廖一蕾发现妈妈一瘸一拐地走到沙发旁边，坐了下来。她脱下袜子的时候，廖一蕾看见妈妈的脚在流血。

“呀，妈妈你的脚在流血呐！”廖一蕾吓得叫起来。

“没事没事。路上积水，见不到地，不小心碰到石头，踢破了脚趾。”廖妈妈平静地说，一边用毛巾擦拭。

“很疼吧？”廖一蕾知道十指连心，妈妈一定很痛的。

夕阳已经完全落下去了，窗外的天色越来越黯淡，灰灰的，而路灯还没有点亮。这是一天中最没有色彩的时光。

“你说想妈妈，你没有和她在一起吗？”江南揪住刚才的话，继续问廖一蕾。

“妈妈去了美国。”廖一蕾流着眼泪说，她说话的时候并不看江南。

“那你妈妈什么时候会回来呢？”江南眼睛红红的看着廖一蕾。

“我妈喜欢住在美国，她让我也去美国读书。”廖一蕾低声说。

“你要考美国的大学？”江南仿佛听天书那样，她第一次知道，高中学生可以参加美国的大学入学考试。

“你真的会去美国读大学？”江南又好奇地追问。

“没有最后想好。”廖一蕾从书包里拿出面巾纸，摁了摁两只眼睛。

“爸爸想让我在国内读大学。”廖一蕾接着说，眼睛看着作业本。

江南这一次没有追问，只是等着，因为她看见廖一蕾像是又要哭了。

“我小学毕业的时候，妈妈去了美国。爸爸妈妈离婚了，他们没有吵架，不知道为什么。”廖一蕾的目光依然停留在桌面上，她似乎已经止住了眼泪。

江南的嘴一直没有合上，信息量太大，太意外了。平时光彩照人，欢快的廖一蕾，竟然有这么严重的伤心事情。

江南觉得自己的嘴太过笨拙，竟然找不出一句安慰的话，让廖一蕾不再伤心。

“真是看不出来啊！”停顿了好一会儿，江南若有所思地说，然而，话一出口，她就想拍自己，这么说话，明显流露了自己的八卦德性嘛！

“我不想让别人知道这件事。”廖一蕾抿了抿嘴角说。

“嗯。不要难过了。”江南表情严肃地回应道。

巡查的老师来到教室门口，问她们怎么还不去食堂吃饭，马上就要过了用餐时间。

廖一蕾和江南赶紧向老师咧一咧潮湿的脸，站起身。她们不约而同地看看对方，看看对方就知道自己，仍然有哭过的痕迹。

4

郎涯已经完全忘记了，此时，话剧《当小王子遇见都教授的时候》，正在草坪那边演得如火如荼。

郎涯和肖妹相拥而伫，他们脚底下的地，宛若舞台；天空上的星星，如观众般专注，看着他们。远处的蝉鸣，仿佛如背景音乐，有韵律地此起彼伏。

“夏令营结束就放暑假了，暑假结束开学就是高三，你要全力准备参加高考了。时间过得真快啊！”肖妹若有所思地轻声说道。

“你一定会如愿考上自己喜欢的大学的。”肖妹似乎要赶在郎涯开口之前说出这句话。

“你准备再参加高考吗？”郎涯看着肖妹问，肖妹点点头。

“好，我们一起考。”郎涯在肖妹耳边愉快地说。

“大学校园生活是我向往的。”肖妹说。

“你希望在大学里学什么专业？”停顿片刻之后，郎涯轻轻地问肖妹。

"我想学会计，方便以后找工作。"说话时，肖妹的目光还是有些淡然。每天在超市站着上班的肖妹，很希望以后的工作可以坐着。一年时间，肖妹的想法已经改变了很多。

郎涯和肖妹依然相拥而伫。星星依然专注地看着他们，月亮挂在天边，落下淡淡的光，远处的蝉鸣依然在继续。

今夕何夕，今夜尚在，还没有分别，他们心里已隐约惆怅，何时会再相见。

他们沉浸在一片安静之中，而刚才的一番话语，令他们不约而同想起了一件事。

5

肖妹参加高考那年，高三年级提前一周放假了。肖妹的妈妈请了年休假，准备呆在家里，专门为肖妹做饭。

距离高考还有三天。

初夏的太阳，和往常一样，早早出来了。清风，微微吹拂，风惬意，人也惬意。那样一个温馨而明媚的早晨，肖妈妈踏着自行车去菜场买菜。她脚下的圆轱辘顺溜地转动，仿佛唱着轻快的歌。她内心充满了幸福感，女儿考上重点大学是没有问题的。

然而，天有不测风云，只有几秒钟，几秒钟啊，肖妈就倒地不省人事，鲜血从她的皮肉内淌出来，地上血迹斑斑。肇事黄沙车停靠在马路一侧。

肖妹接到交警电话后，一路哭着赶到医院抢救室。不一会儿肖爸和弟弟也赶到了。医生说，要马上动手术。

那一夜，一家人彻夜未眠，度日如年。

医院的日光灯，通透明亮。白色的光与黑夜反差很大，亮得冷冷的。大厅和过道里，静悄悄的，飘动着护士无声的脚步，偶尔门外会进来一点小喧哗。过往的人，似乎长得都差不多，面色疲惫或紧张。

等候在抢救室门外的肖妹一家人，沉默着，没有说话，时不时地看时间。

每一秒钟都是难熬的。

手术成功了，肖妈终于脱离危险，一直守候的三个人激动得热泪盈眶。

那一天正是高考的日子，肖妹刚说服肖爸和弟弟，她不去考试了，她来照顾妈妈。

也许半年，也许更久，肖妹在医院等候的那个不眠之夜，已经想过了，已经做好不上大学的准备。去大学校园的想法，被肖妹的眼泪冲刷得一干二净，仿佛上大学是一件离她很遥远的事情，当时的她不知道自己的未来，她只一心祈祷妈妈能够康复，能够早日自理生活。

肖妹开始耐心学习做家务。买菜，烧饭，炒菜，煲汤，拖地，洗衣物。那些平时大部分妈妈承担的劳动，肖妹学着做起来，甚至没有学习的过程，直接就实践了。

周而复始的每一天，肖妹忙忙碌碌。夜晚，躺在床上的时候，她眼睛望着屋顶，有时候茫茫然，有时候又仿佛看到了屋顶外面的星星月亮。

三个多月过去，所幸妈妈可以缓缓下床，挪动了。想到这些，肖妹的眼泪，很快从眼角滑到耳朵里，和她的长发粘在一起，湿湿的。她好像又看见郎涯，三个月前郎涯在她家楼下哭的样子。

6

终于过了高考的日子，郎涯可以有所行动了。他度过了几天夜不成寐的日子，终于壮着胆子，寻到了肖妹的家，找到杳无音信的肖妹。

郎涯忐忑不安地按过门铃，开门的是肖妹。郎涯看见她瞬间脸色绯红，面色尴尬。

“你考完试了？为什么不接我电话？”郎涯说话的时候，尽量按捺住内心的怨愤、委屈和伤心，他把未眠之夜里各种猜测、想象的情绪，都留在问话之外了。郎涯的猜测和想象漫无边际，有最悲情的悲剧，有充满怒火的复仇剧，有情节复杂的谍战剧，有离奇的荒诞剧。那些剧里，肖妹扮演了不同角色。

“我妈病了，我们去楼下说吧。我没有参加考试。”肖妹红着脸局促地对郎涯说。她看见是郎涯，并没有请他进屋，而是换鞋，准备出门。

半旧的小区，楼下一块不太大的空地，有一些零星的树木。郎涯随肖妹一路沉默着来到那块空地。

“至少你要接电话，至少你要告诉我。”郎涯对站在距离他一米以外的肖妹说，他怨屈的情绪，克制地从说话的语气中流露出来。

“我很难过。”肖妹看着郎涯，轻声说道，随即把目光移到自己脚尖。她动了几下上眼帘，尽力把眼泪收回眼睛内，不让它们落下来，就像点眼药水时，翻动几下眼睛，药水就渗入眼睛里面了。

看见肖妹憔悴的样子，郎涯安静了，他忽然意识到什么，瞬间在心里自责起自己的冲动。

“高考前，我妈妈被黄沙车撞伤了。等妈妈身体情况好转一些，我会去上班。”肖妹说话的时候依然眼睛看着自己的脚尖。

“我可能很难有时间和你联系了。”肖妹还是低着头，她担心抬眼看到郎涯，眼泪就要掉下来。而郎涯的眼泪已经落下来，他的嗓子发不出声音，因为一出声，他就会哽咽。

“你别难过。过了这段时间我们再联系吧！”肖妹终于抬起头，看着郎涯。

“嗯。”郎涯似乎只能用简单的含糊的声音作答，他抬起头看肖妹的时候，顾不得回避自己落泪的样子了。

郎涯在肖妹的目光里，伤心地离开了。

三个多月的时间里，郎涯经历了他人生中第一次心理磨难。好几个夜晚，他竟像一个女孩子那样，躲在被窝里掉泪。肖妹不见他，就那样，他们近在咫尺，天各一方。

有时候，郎涯的心管不住自己的脚。他在黑暗的夜色里，曾经悄悄来过肖妹住的小区，怀揣着不安和紧张，仿佛自己像一个图谋不轨的人，想做不该做的事情。

在夜色的掩护下，郎涯每次都只是在肖妹家楼下那块空地上出现，在那里，他一抬头就可以找到肖妹家大概的位置。那些有光亮的窗户，或者漆黑的窗户，仿佛可以给予他些许安慰。

半年后，肖妹去了家里附近的超市做了营业员。弟弟还在上学，妈妈因为长时间请病假，完全没有了绩效奖金，收入减少了一大半。

肖妹想好了，就做个营业员，离家近，方便照顾妈妈。

而且，超市上班时，她只需要用眼睛看，用腿站立，几乎不需要用脑子。顾客自己动手挑选物品，顾客自己排队去收银台付款。所以，上班的时候，她可以地把前一天晚上看的书，在心里默默复习一遍。她知道，超市不是自己会长久待下去的地方，她不属于那里。

7

小王子王一敏没有能够说服都敏俊乔布朗一起回星球。

“再见，都教授。”小王子向都教授说道。

“再见，颂伊。”小王子又转向千颂伊，向她道别。

小王子王一敏跟乔布朗和廖一蕾一一拥抱道别。

一道雪亮的灯光，打在王一敏身上，他像一棵被砍伐的树，那样缓缓地倒下，仿佛如小王子倒在沙地里，没有一点声响。瞬间，空中放出一枚烟幕，那烟雾仿佛如载走小王子的一团云雾。

小王子腾云驾雾飞向天空，而都敏俊选择暂时留在地球上。

在同学们如雷贯耳的掌声里，话剧演出圆满结束了。

江南的双腿终于解放了，此时此刻，她觉得人类最美好的事情，就是能够直立。

乔布朗、王一敏、廖一蕾、江南他们站到舞台中央，许多同学跑到他们身边，跟他们说话，夸奖他们。

话剧演出结束之后，是自由活动时间。一些同学回了住处，一些同学留在草坪嬉闹。

草坪连着小小的山坡，经过山坡，直达住宿的地方。一路上，大片大片的月季、玫瑰、石榴怒放着，夜色里，看不清。花香、青草香、树木香，一阵一阵的往外冒，飘荡在空气里，飘过同学们的脸颊，飘过同学们的衣裳。

他们走在清香里，绘出一个芬芳的世界，即使黑夜，依然看得见强劲新鲜的活力。

“真香啊！”廖一蕾深深吸口气，由衷感叹。

“我如痴如醉。”江南又说她的名言，马尾辫随着脚步的节奏，一甩一甩，仿佛在欢快地跳舞。

“班长，这次夏令营是不是高考前，学校组织的最后一次集体活动啊？”廖一蕾边走边转过头去，向走在后面的王一敏询问。

“不会吧！”王一敏似乎不那么肯定地回答。

“高三一定会增加补习时间，谁知道会不会再让我们玩。”焦书桓大声说道。

“这就是我们学校与普通学校的差别。”乔布朗说着，随手一捋略长的刘海。

“学校和学校是不一样的啊。在我老家学校，如果作业不会做，就会被老师劈头盖脸骂一顿。”江南接着乔布朗的话说道。

“如果学校不组织活动，我们可以班级活动。”廖一蕾建议道。

“好主意，我们组织班级活动。”王一敏果断地回应廖一蕾的建议。

“我们先想想有什么好玩的吧！”王一敏又说。

他们七嘴八舌的，提出来很多好玩的事情，比如滑板、溜冰、游泳、攀岩、登山、街舞、电脑游戏……

“我们还可以争麦霸。”焦书桓突然激动地大声说道，他显然很满意自己灵机一动的提议。

“你跟江南比赛唱歌？”乔布朗调侃道。

“有请麦霸江南同学——菊花台。”焦书桓侧过脸看看江南，呵呵地笑着说，他知道江南特别喜欢周杰伦的那首歌。

“你的泪光，柔弱中带伤，惨白的月弯弯，勾住过往。”江南在掌声里，立即大大方方地大声唱起来了。

“夜太漫长，凝结成了霜，是谁在阁楼上，冰冷的绝望。”乔布朗也一起唱起来。

“雨轻轻弹，朱红色的窗，我一生在纸上，被风吹乱。”声音一个一个加入，他们早已按捺不住了。

很快，他们成了一支歌声嘹亮的队伍，欢快地放声歌唱。他们竟然把周杰伦缠绵忧伤的歌，唱成了进行曲。

夜空多么自豪祂的静谧与黑暗。此刻，祂也羡慕这一支歌唱的队伍，他们唱出的每个音符，都在空中飞舞，仿佛从他们每个细微的毛孔都溢出活力，绽放着青春与欢乐。

8

王一敏他们一行人边走边唱，朝山坡那边的住处走去。风儿微微吹拂，仿佛也吹拂着他们的歌声。

乔布朗忽然不唱了，因为他忽然意识到了花香的存在。他开始仔细的分辨，玫瑰？月季？是啊，可是，一定还有其它的香味。栀子花？茉莉？不，那是什么花香呢？乔布朗的潜意识，像搜索引擎那样飞快地跑，啊，对了，是薰衣草吧？！

乔布朗顿时兴奋了，记忆鲜活起来，薰衣草的幽香，从他脑海里飘出来。

那天上午，春雨绵绵，天色黯淡，教室里的日光灯点得敞亮。语文课，沙池老师领着学生朗读《滕王阁序》，她读一句，学生跟读一句。她在座位的过道来回走动，空气里有很淡很淡的香味，乔布朗敏感地闻到了。

乔布朗第一次闻到那香味，并不知道叫什么，只是那种气味，很长时间，在他嗅觉里缭绕，久久不散。后来，他才知道那是薰衣草的香味。乔布朗不记得是怎么知道的了，或许当时的注意力，全部专注于薰衣草香了。

9

月亮越来越高，天色越来越黑了，风儿还是微微地吹，清清凉凉的。

“我该回去了。”肖妹看着天色，有些焦急起来。

“你明天休息吧，能不能在这里住，白天再回去。”郎涯看看天色说。

“我们先去服务台问问，有没有住的地方吧？！”郎涯拉起肖妹就往服务台那边跑。

“会不会遇上同学和老师。”肖妹有些顾虑，担心路上碰见老师和同学，不知道怎么解释。

“遇见就遇见了。”郎涯安慰着肖妹，而他心里其实也有同样的担心。

影视街位于草坪的另一边。他们跑过街道，跑过草坪，跑到服务台，然而，他们被告知，房间全被预定了。

去车站看看吧，肖妹说。于是，他们又跑到车站，可是，当他们跑到车站的时候，已经超过了站牌上标注的末班车时间。

怎么办呢，两个人心里都着急了。

“现在这个时间，晚会应该结束了吧？！”郎涯自言自语地踌躇道，似乎在跟他自己说话。

“只好露宿街头了。”郎涯对肖妹笑笑，有些无奈地自嘲。

草坪上，空无一人，篝火还有余温。

郎涯和肖妹坐在草坪上，他们眼前是通往住处的山坡。

天上的云，越来越厚，变幻的图形越来越多，越来越考验想象力。月光里，郎涯和肖妹看不清草坪真实的颜色，但完全能够感觉到，他们屁股底下的草坪，是柔软的，平整的，有些潮湿。

郎涯和肖妹安静地依偎着，安静地坐着，仿佛一说话，就会惊扰了夜的睡眠。

10

夏令营有企业赞助，这使同学们有机会来度假村。

服务台人声鼎沸，叽叽喳喳的人群，激动亢奋。老师大义凛然的，放弃一贯的斯文，扯着嗓门说话，可声音，仍然被咆哮般的七嘴八舌淹没了。

于是，老师找到班长，重复一些事项。然后，班长在人群中任劳任怨地熟练地穿梭。

每个班的班长领取住房钥匙，八人住一间套房，每两人一个房间。

每个房间都是独立的房屋，房屋与房屋之间大约相距三米。

按自愿选择和组织搭配原则，不一会儿，钥匙都有主了。一波一波欢快的声音，陆陆续续离服务台远去。

“太高兴了！”江南几乎跳着走路。

“我兴高采烈。”廖一蕾故意模仿江南名言。

“我们住的地方就是联络中心了。”焦书桓兴奋的大声说。

“老师是这么说的。我们几个集中住一起，可以让同学有事方便找到我们。”王一敏一本正经地说。

“晚会结束的时候，大家都记下了老师和我们的房号。”王一敏补充道。

“唉，你们猜猜，今天晚上会不会有同学来找我们。”乔布朗说话的时候，望着前方的同学们。

同学们三五成群，朝不同方向散去。

月亮不知道藏哪里去了，云朵吃力的移动着，仿佛黑压压的影子在秘密行动。

“不会有人来找我们的。”王一敏肯定地说，因为他想，一套房屋住八人，已经够玩了。

“不过，说不定会有——鬼——来。”焦书桓压低声音，放慢语速说，故意声情并茂地制造恐怖气氛。

廖一蕾和江南哇地叫起来，不要吓唬人好不好，她们异口同声向焦书桓抗议。焦书桓便得意地嘿嘿笑。

“来鬼先找他。”王一敏说着，用手指了指焦书桓。

“你们想不想听鬼故事？”乔布朗微笑着，故弄玄虚地说。

廖一蕾和江南齐声说，不要听不要听。可焦书桓说，太好了，有鬼故事听，快讲快讲。王一敏和另外两个同学看看乔布朗，没有说话。

“要不，还是讲一个吧！反正人多。”片刻后，江南慢吞吞地说，似乎反悔刚才说的话了。

于是，乔布朗绘声绘色地讲开了。

11

当江南和廖一蕾大呼小叫的时候，他们已经来到房屋门口。乔布朗快步走到最前面，从裤袋里掏出房屋门卡，迅速地将门卡插入。他发现门卡并没有将门开启，似乎感应不灵。于是，他将门卡往外拉一下，然后再塞进去，房门仍然没有开启。

“我来试试。”王一敏说罢，就从乔布朗手中拿过门卡，然后将门卡插入卡口，可房门还是打不开。

“有鬼。”焦书桓压低声音说道。他看看江南，只见她一只手圈住廖一蕾的胳膊，神情有些紧张。

“你别吓唬人。”乔布朗替两个女生，向焦书桓提出抗议。

“嘿嘿。别怕，我们人多。”焦书桓笑着慢慢地说，其实他想说，有他在不必害怕，却不好意思直接说出口，结果，拐弯抹角地说了一句，心里却老大不情愿地把所有男生都包括进去了。

“我去服务台问问吧，是不是门卡出了问题。”王一敏把门卡拿出来，然后对大家说着就要往服务台走。

“我跟你一起去吧！”乔布朗对王一敏说道。

“我试试看。”焦书桓很希望能打开门，他从王一敏手里拿过门卡，看了一下，然后，插入卡口，随即传出门锁自动转动的声音，他一推门，门开了。焦书桓嘿嘿地发出几下愉快的笑声。

一行人惊喜地迅速鱼贯而入。

进门是客厅，走过客厅是一个过道，过道两边各有两个卧室。

“你们住里面那间吧！”王一敏对廖一蕾和江南说。

“我和你住外面那间。”王一敏侧过身，又跟焦书桓讲。

“乔布朗，你和谁一个房间？”王一敏看着乔布朗问。

“我跟郎涯住吧。”乔布朗毫不犹豫地说道。剩下的一间自然归其他两位同学住了。

“郎涯呢？晚上好像都没见过他哎……”江南尚未完全

从鬼故事的紧张中放松，现在忽然想起没见过郎涯，一下子有点胆战心惊了。

“话剧演出开始之前，我看见过他的，后来没有注意。”廖一蕾细心地回忆道。

他们开始有些紧张起来。

“这家伙会去哪里！”焦书桓语气里有些责怪的意思。

“无法接通。可能是手机没电了。”乔布朗拨了郎涯的手机号，停顿了片刻，然后耸耸肩膀，表情无奈地告诉大家。

“我们先去找他，还是先报告老师？”乔布朗看着王一敏问道，他们几个都紧张起来。

“我们先去找找吧。这么晚，老师可能休息了。”王一敏说，他似乎已经在心里斟酌过一番。

于是，王一敏、乔布朗、焦书桓三人出门了。他们商量好，顺着来的路，往回找。

12

时间已经过了晚上九点半。

王一敏、乔布朗和焦书桓，他们来到服务台，跟服务员说，如果有个叫郎涯的男生过来，告诉他去 A 区 5 幢，最好也先电话给我们。王一敏在服务台留了自己的手机号码。

室外微微有了一些凉意，夜间的气温明显下降。天空仿佛顽皮的孩童，好动好变。

不久前，影子一样的云朵，一会儿功夫已经无影无踪。天空一片苍茫，没有一丝一毫暖色，没有星星，没有月亮。

王一敏、乔布朗和焦书桓，他们走上了山坡。

山坡两边，玫瑰、月季、石榴，在夜色里，默默地映衬着苍白的天空。

“这里应该不会有安全问题吧？”乔布朗自言自语，因为他感觉越走越寂静，越走越有荒凉的感觉，稍稍有些不安起来。

“不会。”王一敏看着前方，语气果断地说。

“郎涯的安全意识是班里最强的，应该不会有事。”王一敏又补充一句，似乎想用这一点来让自己放宽心。

他们一边说话，一边用目光搜寻，而整个山坡没有第四个人。

没过太久，他们已经来到了山坡最高处。从山坡顶看下去，大片的草坪，铺满茫茫白光。

“这么大空地，怎么找啊？”焦书桓的声音，在夜里显得格外响亮。

“我们跑步吧。焦书桓你从左边跑，我中间，乔布朗跑右边，我们在草坪那端，焦书桓的位置汇合。”王一敏想了想，对焦书桓和乔布朗说道。

“好。我们看得仔细一点。”乔布朗点头称道。

三个男生开始起跑。他们一边跑一边搜寻着郎涯。

当他们气喘吁吁地汇合在草坪的另一端时，彼此都是一脸的失望。

“怎么办？”焦书桓有点担心起郎涯来了，这家伙怎么不说一声呢。

“我们可能需要向老师报告了。”焦书桓紧接着又说了一句。

“这样吧，我再到附近和服务台那边找找；焦书桓回住处，不论郎涯是否已经到那里，都打电话给我和乔布朗；乔布朗，你去报告老师。”王一敏说出了他的想法。

“好吧，那我们就分头行动了。”焦书桓表示赞同王一敏的提议。

“好的。如果郎涯回到住处，你们就立即告诉我。”乔布朗对王一敏的安排，既乐于接受，又觉得有些压力和紧张，可无论如何，乔布朗认为王一敏的安排是周到的。

于是，王一敏、乔布朗和焦书桓，三个人一起走了一小段路，便开始分头行动了。

焦书桓和乔布朗两人，穿过草坪，直接往住处方向跑。而王一敏在他们后面走。

王一敏一路上边走边看，并没有找到郎涯。随后，他就去服务台询问，服务员的回答，似乎是王一敏意料之中的，令他失望。

王一敏开始有些自责，觉得自己考虑得不够周到，晚会结束的时候，如果点一下名就好了。而后，他又安慰自己，郎涯肯定不会在晚会结束的时候离开的，所以，即使点名，他也不在，而且，如果那时候发现郎涯不在，动静会很大，说不定更不好，但愿郎涯没事。

王一敏边想边往住处走。

13

肖妹和郎涯坐在静谧的草地上。

看着眼前越来越泛亮的空旷草坪，听着夜里因寂静而放大了音量的风声，肖妹忽然感慨，人在大自然面前多渺小啊。

“这里会不会有野兽啊？”因夜晚的黑暗与寂静，带来的空灵感觉，让肖妹感到有些害怕起来，她仿佛听到寂静中生物和昆虫的声音。

“不会。”郎涯肯定地说。而后，郎涯又说：“让要我带你去找江南和廖一蕾吧，看看她们有没有办法。”

“好呀。”肖妹一边说，一边身轻如燕地站起身来。

郎涯和肖妹沿着草坪一侧走，柔软的草地仿佛将他们的脚步声拥进怀里。

“你看，那边有条小路，不知道能不能通往住处。”肖妹发现大片月季中间，有一个过道，一直往远处延伸。

“如果和住处相通，我们就不用爬山坡了。”郎涯惊喜地说。

他们踌躇片刻，决定试一试，走小路。

乔布朗和焦书桓一起走了一段路后，两人分道了。焦书桓往住宿 A 区走，乔布朗往住宿 B 区走。

焦书桓大踏步走着，当他快到住处时，猛然看见，郎涯竟然在他前面走。这家伙！焦书桓刚要喊出声，忽然发现郎涯身边还有个女生，他的心情一下子复杂起来，到底要不要叫郎涯，焦书桓拿不定主意了。于是，他故意放慢了脚步，磨磨唧唧地迈着步子，怀揣着张皇，无可奈何地跟在郎涯后面，他担心郎涯突然间回过头来发现他，会误以为他在跟踪。焦书桓又觉得自己的脚步，似乎鬼鬼祟祟的，不那么自在。

“郎涯！”眼看着郎涯经过住处，要继续径直往前走，焦书桓急得大喊一声。

“焦书桓！”郎涯循声猛然回过头，转过身。忽然，两人仿佛久别重逢，看见彼此都显得很兴奋。

“哦，肖妹。”郎涯侧过头看了看肖妹，对焦书桓说道。他似乎看出焦书桓目光里的疑惑。

焦书桓嘿嘿嘿笑着，有点尴尬。郎涯向焦书桓解释说，他请肖妹来玩，没赶上回去的末班车，现在想跟江南和廖一蕾商量商量，今晚借宿一下。

“我替你去跟江南她们说吧！”焦书桓自告奋勇地把这件事揽了过去。

“我们到了。”他们边说边走，转眼间，焦书桓在房屋门口停了下来。

开门的是廖一蕾。

“你找到郎涯了！”廖一蕾亮着大眼睛，对焦书桓说。

江南也闻讯跑过来。

焦书桓看上去仿佛凯旋而归的功臣，得意地说，是啊是啊，好不容易才碰到的。焦书桓这样说的时候，其实真想说，好不容易才找到的，却又不好意思凭空揽过功劳，所以，他不得已违心地实话实说了。焦书桓只顾高兴，早忘记那些想好了的，准备责备郎涯的话，也忘记了打电话给王一敏和乔布朗。

廖一蕾和江南几乎同时注意到门口的肖妹。

“江南，她能不能住你这里？是这样的，她没有赶上回去的末班车。”焦书桓反应过来，朝肖妹点下头，急急忙忙地对江南说道。

“给你们添麻烦了。”肖妹看着江南和廖一蕾，笑着对她们说。

“不用客气啦！廖一蕾，我能不能睡你的床？”江南笑着回应肖妹，然后挨着廖一蕾问她。

“当然了，你的床就让给肖妹啦！”廖一蕾跟江南说。

“我们明天再跟老师讲吧！”郎涯用商量的口气对大家说。他和肖妹一路上都在纠结，先找老师，还是先找同学。

14

乔布朗顺着房屋的门牌号找过去，他是去找老师的。

在寂静的夜里，空旷的郊外，说不清楚是凉还是热的空气里，他第一次一个人这样走路。越往前走，心跳越快，他几乎可以听见自己心脏跳动的声音了。

不知道为什么，自从上次沙池老师在课堂晕倒后，他见到老师就会脸红。

夏蝉和蛙的鸣叫，此起彼伏，在寂静的夜里，旁若无人，嘹亮地一唱一和。

喔，就是这里了，B 区 8 幢，老师们集中住在这里。

乔布朗停在门口，他希望来开门的，恰好是沙池老师，可又好像害怕过来开门的恰好是沙池老师。他踌躇着，准备按门铃。

忽然间，手机铃响了，乔布朗赶紧拿出手机。

“你已经见到沙池老师了吗？”王一敏打电话过来，乔布朗估计郎涯已经出现了。

“我刚到，还没找老师呢！”乔布朗跟王一敏说道。

“郎涯已经回住处了，明天再说吧。”王一敏想，能不惊动老师就不要惊动老师了。

“嗯，知道了，那我回来了。”乔布朗似乎松了口气，然后矫健地一转身，朝着住宿方向跑去。

风吹起他的刘海，夜欣赏着他的身影。

乔布朗进屋的时候，里面过节一样的热闹。王一敏他们正议论着话剧演出。

“郎涯剧本写得好。”廖一蕾点着头说。

“真的吗？谢谢。”郎涯微笑着回应。

“呀，乔布朗回来了。”江南见乔布朗进屋，兴高采烈地说。

“乔布朗导演得也好。”江南笑颜如花，接着说道。

“不要忘了我们演得也很辛苦喔。”乔布朗说话的时候，笑着顺手捋一下刘海。

“江南蹲得也很辛苦喔。”焦书桓嘿嘿一脸坏笑，模仿乔布朗的语气，然后捋一下自己没有刘海的前额，向右上方45 度甩一下头。

“真的啊，我蹲得实在实在太累啦！”江南仿佛觅到了知音，把话说得很慢，声音拉得很长。

“我蹲得着急啊！我蹲得遥遥无期。什么时候能够让我站起来啊。我心急如焚。”廖一蕾右手平放在胸前，感情充沛地，慢条斯理地，模仿江南说话。

廖一蕾满怀深情的样子，仿佛久久不能平静，引得其他人哈哈大笑起来。

“谁让你蹲那么久的啊？”焦书桓对江南嘿嘿笑，明知故问。江南没有搭理他。

“哈哈哈哈，谁啊，谁导的戏啊？”其他人开始一起起哄。

“嗯，是这样的，导演么，是根据剧本来导的。”乔布朗清了清嗓子说道，也把话拉得很长。

他们笑着不约而同看向郎涯。

郎涯愣了愣，一下子没接住众人踢过来的球，脸红起来。

“刚才，廖一蕾，刚才你说什么来着？可以 repeat 一下吗？”几秒钟以后，郎涯得意地发出声音。

又一轮群舌论战开始。

“好啦好啦，今天的晚会气氛很好，同学们都很开心，我们大家功不可没。”王一敏总结发言，像个娘舅似的。

“我们休战吧，最多只有 5 个小时可以好好睡觉了。”王一敏看一眼廖一蕾，然后拍拍手对大家说道。

好吧好吧，他们一哄而散，客厅一下子空了。

15

教室的窗户和门都敞开着，偶尔温柔地吹进来一阵热风。上午的最后一节课，语文老师沙池正在讲李煜的《虞美人》。

“五代十国时期南唐最后一位国君，一位中国文学史上，毫无争议的杰出词人，一位备受瞩目的画家和书法家，他的王国破碎于宋朝刀剑之下，而他的文字却征服了宋朝，也征服了宋朝之后的历朝历代，他的名字叫李煜。”沙池讲课的时候，习惯让自己的目光尽可能照顾到教室的四面八方。

老师的话，廖一蕾听一遍就记住了，她的眼睛几乎一眨都不眨，如饥似渴地追随着老师。

沙池纤细的柔和的声音，仿佛跳着舞的乐符，轻盈优美。那声音，毫无阻碍地，穿过了教室的所有空间，仿佛打着有韵律的节拍，有节奏地触碰着廖一蕾的耳膜。

“雕栏玉砌应犹在，只是朱颜改。问君能有几多愁，恰似一江春水向东流。”沙池的声音在教室的空气中缭绕，柔弱得仿佛在飘。

廖一蕾忽然觉得老师的声音越来越弱了，怎么了？廖一蕾的睫毛上下掀动了几下，仿佛汽车的雨刮器，整齐地刷了刷眼睛，她吃惊地发现，老师脸上的血色明显地快速褪去，像彩色纸放进清水里，颜色一下子晕开去了，面色变得越来越苍白。

此时，沙池口中念着的词句也停顿了，仿佛演奏的乐章里，出现的休止符号，而她整个人，顷刻之间便从讲台前陷入下去。

廖一蕾是第一个注意到老师变化的人，她情不自禁地一声惊喊。几乎同时，乔布朗已经冲上讲台。教室里，一下子安静极了，几十双眼睛不知所措地望着讲台。这突如其来的情况，令整个班级的心七上八下的，甚至有些人会有点失魂落魄。

快去叫医务室校医，有同学突然醒悟过来，惊慌失措地喊了一声，在寂静而紧张的教室里，声音显得突兀而有力。

这个时候，乔布朗已经抱起沙池走出了教室。同学们表情复杂的相互看来看去，仿佛受到了刺激。

16

六月的风已经带着热度，这一天，风吹得很小气。太阳抽走了空气里的水分，空气自然少了一些在空间漂游的潮湿气味，而地面上的各种气味，就明显地被烘托上来，比如，干草味、泥土味、尿骚味、复杂的腥味……这些气味综合在空气里，空气显得很饱和。

太阳绽放得灿烂，整个操场普照在阳光下。

沙池的身体挂在乔布朗的左臂和右臂上，她的右侧乳房蹭到了乔布朗的左胸，臀部沉坠在他双臂之间，乔布朗抱着她在操场快步地走。

以前听说昏睡过去的人会很沉，果真如此啊，乔布朗想。可是，他没有直接穿过操场中心，而是绕着操场周围的树荫走。汗水仿佛落下的细雨，从乔布朗的额头开始，顺着脖子、脊背，顺畅地往下滑，然后，在腰部受到阻力，索性集聚在那里，堵住了空气流通的微弱缝隙，内裤仿佛一个封闭的蒸笼，热乎乎的，湿透了。

王一敏和廖一蕾，在乔布朗抱起沙池的瞬间，神速地跟着跑出了教室。他们两个人的反应，是班里一流的，这是同学们经过反复实践论证，得到公认的。江南在大脑空白十几秒钟后，也跟着跑出了教室。他们身后，刚才刹那安静的教室，顿时七嘴八舌地喧哗起来了。

“怎么回事啊？”有同学莫名其妙地问，像是如梦初醒。

“你没看见吗？老师晕过去了。”另一位同学大声回答，俨然是知情人。

“老师生病了啊？”又一位同学担心地说，似乎心有余悸。

“老师生病，我们就不上课了吧？”也有同学脑筋都没转一转，说出了侥幸的话。

雄蝉颤动它的鼓膜，一阵一阵地躁动，在发出寻偶的信息，这声音并没有引起高二（1）班同学们的注意，因为他们也正在躁动。

停电。教室里所有的电扇都停止了工作。若不是语文课，大家早就心散了。语文课的纪律，每次都比其他学科的课堂纪律好很多很多。

停电怎么不停课啊，不知谁说了一句，然后引起了巨大的共鸣。

“最好下午放假，我们去看电影《致我们终将逝去的青春》。”郎涯情不自禁地脱口而出。

“我的青春早已逝去喽。”焦书桓大声搭腔调侃着，随后，教室内有女生的笑声。在焦书桓听来，这笑声像唱歌伴奏一样，他兴奋地几乎坐不住了，开始站起身，离开自己的座位。

许多同学都开始说起自己下午的计划，他们展开各自想象的翅膀，自由地飞翔，好像下午真的可以放假了。

乔布朗是年级里个子最高的男生之一，看上去骨骼已经完全长开，发育得很正常，嘴唇周围长出浓密的胡须，挺拔的鼻梁，眼睛不大但有神，这乖孩子形象，看上去酷似如今当红韩国影星金秀贤。

乔布朗和王一敏他们一起跑进了医务室。

“校医校医，沙老师晕过去了！”他们不约而同地跟校医说。

校医给沙池把了脉，然后，对乔布朗和王一敏他们说，让沙老师在这里休息一下，你们先回教室去吧。

“谢谢校医。”他们接二连三地向校医道谢。随后，一起跑过操场，满头大汗地冲进了教室。

王一敏进门后，直接站到讲台上。

“我们现在按小组把夏令营报名统计好。大家都不要走出教室。”王一敏履行着班长的职责。

王一敏四肢发达，身上结结实实的。平时，他常常被同学们遗忘他是班长。不过在某些时刻，他总能够让同学们清晰地记得，他是一班之长。他会在眼看即将发生无组织无纪律的状态时出现，表现出一个班长能抓重点，关键时刻站在大家面前，审时度势的能力。

不一会儿，四大组组长，都完成了报名统计，把报名表交给站在讲台的王一敏。

17

乔布朗出了一身的汗，他走进家门，就把书包随手搁在客厅门口的地上，然后直接去了洗手间。

他打开淋浴房的门，打开淋浴龙头，他要冲个澡。

清凉的水顺着他的头发、脸、脖子、肩膀、脊背一直流下去，乔布朗全身被淋湿了，他的双手在水里，抚摸自己每一寸肌肤，他喜欢自己的身体，发育得很健康的身体。

从水龙头里雀跃而出的每一粒水珠，仿佛与他的肌肤嬉戏，在他身体上飞快地跑步。而身体上嬉戏着的流水，让乔布朗感觉到惬意，他情不自禁哼起了周杰伦的《千里之外》：“屋檐如悬崖，风铃如沧海，我等燕归来。时间被安排，演一场意外……”

乔布朗哼着哼着，眼前出现了送老师去医务室的情形。

晕过去的老师很沉，老师的体温，老师的气息，还有，乔布朗当时全然没有意识到的，紧靠他身体的，老师的轮廓，这时候，当时的细节都被他逐一记起来了。他感觉到自己的脸刷地红起来了，仿佛被别人发现了心底里的秘密似的。

乔布朗心目中，沙池老师的语文课，是最好听的。老师讲课时候的一颦一笑，非常好看。此时，沙池老师不同时候的样子，也渐渐地被乔布朗记起来了，他经常会闻到薰衣草的幽香。

他忽然意识到自己的感觉，这感觉已经有一段时间了，与沙池老师有关。这种感觉，有时候令他心神不宁，坐立不安，有时候令他心情愉悦，胡思乱想。他曾经很想把这些感受告诉老师。但是，每次当他意识到这种感觉存在的时候，他又时常立刻被自己否定，仿佛总有什么地方是不对的。

乔布朗把脸再次放到淋浴龙头下冲，仿佛这样，一下子烫起来的脸，会变得不那么热烫了。

第三章 旅途

人的一生，是由一个一个无常连接起来的。每一个不同的无常，决定了每一条不同人生的路。

1

沙池没有等到王一敏电话，于是，就打电话给王一敏。她想，再不电话联系，可能就太晚了。

“是我，沙老师好。没，没有同学来过我们这里，没什么情况。”王一敏在电话那端肯定地说。

听王一敏这么回答，沙池悬着的心总算放下了。

于是，她开始洗漱休息。

沙池上了床，她靠着床背，拉过被子盖在身上，然后，她随手从床头柜上拿过自己正看了一半的书，在睡觉前再翻看几页。可她的心绪却不由自主地静不下来。

晚会刚开始的时候，沙池就预料到，话剧演出会一切顺利，因为她发现台上台下的学生都很投入，气氛也很好。

于是，她想一个人去一边走走。

沙池没有注意，那时的天空，是否有星星和月亮。她没有感觉，那时是否有徐徐的微风。

她绕着篝火外围转一圈，然后踏着草坪朝远处走。

风吹过来，沙池感觉到了，因为刮到了眼睛，她用手揶了几下，眼里有点潮湿，但舒服了一些。

沙池的脚踩着草地，草是软的，她的腿也是软的。近一段时间以来，她感觉自己身体比较虚弱，那天晕倒之后，去医院检查，抽血、化验、拍片，按医院现在惯例，做了一整套项目的检查，所幸没有什么大碍。

这次夏令营，沙池本来想请假的，可是，年级里有两位老师在她之前请了假。一位老师下楼梯踏空，摔跤骨折。另一位老师怀孕保胎。这样，她无论如何都不好意思开口请假了。

沙池有过一次晕倒的经历，那是在大二的时候。

她依然记得当时有个男声在她耳边说话。

“沙池，做我女朋友好不好？”声音像棉絮一样，浮在空中，沙池感觉自己仿佛在云里。

后来，她做了他的女朋友。她和他开始恋爱。再后来，她经历了女孩子的第一次拥抱和接吻。

沙池想起他打篮球的样子。他们第一次约会就是在学校的篮球场。他的扣球总是很准很酷，沙池很喜欢。

沙池赶紧合上脑海里正打开着的镜头盖。

“沙老师，你们班又是年级排名第一吧？”

“沙老师运气好，班级里学生都那么聪明。”

……

每次月考、期中考、期末考，沙池几乎都会听其他老师这么说。有时候，夜深人静，这些声音，也偶尔会跑出来说话。

明天早晨郎涯会不会来找自己？沙池又想起那些学生。

沙池的思维在一个一个问题之间跳跃。终于，在凌晨时分，沙池恍恍惚惚地睡着了。

2

早晨，学生们三五成群地陆陆续续进入餐厅。一些人还睡眼惺忪的样子；一些人已经晨练完毕，精神饱满；有些人跑着步进入餐厅，有些人拎着球拍进入餐厅。

“沙老师，早上好。”郎涯独自一人沉默地走着，他在餐厅门口遇见了沙池。

“早上好。”沙池点点头回应道。郎涯跟着她，一起走进餐厅。

“先坐一下吧。”沙池走到后面的餐桌，对郎涯说。

餐厅宽敞明亮，布置简洁。一面是落地玻璃，窗帘从玻璃中间位置，朝两边拉开。另一面摆放着一排食物，有豆浆、牛奶、稀饭、水煮蛋、油条、馒头、肉包、小菜。

学生们依次排队拿取食物，嘴里还一刻不停地叽里呱啦说话。餐厅看上去很有次序，但人声喧哗，感觉有些闹哄哄的。

郎涯坐在沙池对面，不停地搓弄双手。

“郎涯，昨天话剧演出很好。”沙池看着郎涯说。

“嗯。”郎涯抬头看看沙池，红着脸回应道。

“剧本写得不错。你觉得哪一部分表演得最好？”沙池看着郎涯问道。

“沙老师，我，我昨天没有看完整话剧。”郎涯支支吾吾，他既不想说谎，又很难百分之百地说出实情。

“昨天你有事吗？”沙池问道。

“我，有个同学来看我，后来，我陪她去了影视街。”郎涯局促地说。

“沙老师，我昨天应该先向你请假的。”郎涯继续说道。

“嗯。后来呢？”沙池继续问。

“后来，我同学没赶上回去的末班车，然后我就带她到江南和廖一蕾那里去了。”郎涯又抬头看看沙池，红着脸回答。

沙池等郎涯继续说话。

“我同学早上已经回去了。”片刻后，郎涯轻声说道。

“好的。你刚才自己已经说了。有事应该请假。”沙池看着郎涯说。

“我想你会再去思考这件事情的。”停顿了一会儿，沙池继续对郎涯说。

“赶紧吃饭去吧。”沙池一边说，一边站起身来。

“沙老师好。”王一敏看见沙池托着餐盆走过来的时候刚吃好饭。

“你过来一下。”沙池对王一敏说。

王一敏跟着沙池，走向后面的餐桌。

“刚才郎涯说他昨晚没有看完话剧演出，你知道吗？”沙池直接问王一敏。

“我不知道。晚会结束后，我们才发现郎涯不在。”王一敏被沙池突如其来的问话，吓得砰砰地心跳加速。

“沙老师，昨天时间太晚了，所以……”王一敏知道自己应该向沙池说情况的。

“好吧，下次注意。”沙池觉得跟王一敏再说细节，没有必要了。

王一敏跟着沙池站起身来，一起走出餐厅。

上午的活动安排是听一场讲座。

3

沙池看见学生正投入地观看话剧表演。于是，她绕着篝火外围转了一圈，然后朝草坪远处走去。

她想一个人走走。

风吹过来，她揉了揉眼睛。

她忽然看见郎涯在远处跑得飞快，是的，是郎涯，从跑步的速度，跑步的样子，身材轮廓，沙池确定那是郎涯。

她心里一惊。他要去哪里？他有什么事情？为什么不请假？

沙池顺着郎涯奔跑的方向走，不一会儿，她看见郎涯朝度假区外面方向跑了。

郎涯是不可能跑回家去的，如果他家里有急事的话，一定会请假的，沙池一边快步走，一边猜测。

他是去约见什么人吗？夏令营才开始第一天，家长们一般不会来探望的，况且，郎涯的父母并不是放不开手的家长。班里学生来自不同类型的家庭，家长们的情况区别比较大，然而，无论如何，郎涯父母的素质是比较好的。

他会有什么事呢？

沙池联想起郎涯早恋的事。

“沙老师，我班里的肖妹和你班的郎涯，正在谈恋爱，你听说了吧？”肖妹的班主任是第一个跟沙池说起这件事的。

肖妹是个优秀女生，老师几乎都认识她，后来，老师都知道郎涯和她恋爱的事情。或许只是因为他们两个人，一直保持着成绩优秀、同学拥护的状态，所以，老师对他们谈恋爱的事，看上去似乎不闻不问。肖妹毕业的时候，因放弃学校保送上大学的名额，曾经在校轰动一阵，这件事又加深了老师对她的印象。但肖妹毕业之后，她和郎涯早恋这件事情，自然渐渐的不成为关注点了。

郎涯的身影，距离沙池的视线，越来越远。沙池继续随着郎涯跑步的方向，快步走。

没过多久，沙池远远看见郎涯跑回来，还手拉着一个女生。

那应该就是肖妹了，他们还在谈恋爱么，沙池心里怔了一下，她看着郎涯他们跑进了影视街。

4

郎涯和肖妹跑步的背影，与沙池渐行渐远。

“真是青春啊。”沙池情不自禁在心里感叹。一种复杂的心情，令沙池感到怅然。

沙池一直认为自己对班里学生的情况比较了解。有几位男生是比较有个性的，胆子颇大，郎涯就是属于这类男生。

但此刻，沙池还是有些惊讶，郎涯对感情的大胆程度，是她所料不及的，他竟然把女朋友悄悄带来夏令营。

沙池想起自己高中的时候，对儿女情长的事情，几乎不懂，傻傻的。

那时候，沙池听说班级里已经有同学递情书，听说英语老师和代课老师谈恋爱，那些传说八卦，全然都没能够催化她在这方面成熟些，仿佛那些事，距离她有银河系那么遥远。

沙池当时弄不明白，别人怎么就能够发现一个人和另一个人在谈恋爱的，怎么就能够发现一个人和另一个人在亲热的。难道别人都长着千里眼、透视眼，都能看见她看不见的事吗?

那时候，沙池从未想过，有一天，自己也会恋爱，甚至结婚。

沙池隐约地羡慕着郎涯和肖妹，真希望他们永远青春，永远情意绵绵，然而，沙池知道，这样想，几乎是所有女人都有的妄念。曾经以为，感情的事只要两个人在一起，就会越来越好，越来越相亲相爱，谁知道感情竟敌不过时间。

摄影作品展，她与他擦肩而过。不巧的是，他背包上的锁扣，却不让她擦肩而过，锁扣勾住了她的蕾丝衣裳。

“啊，对不起，对不起。”说话的时候，他试图把锁扣从她衣服袖子里弄出来，但是，锁扣似乎不怎么听从，这让他对自己的笨拙有些尴尬。沙池也很尴尬，因为要把锁扣从镂空图案的袖子绕出来，他的手会碰到沙池镂空衣袖裹着的手臂，两个陌生人会挨得很近。

终于，他把锁扣从沙池的衣袖中绕出来了。而通常，一起完成一项工作的人，不会扭头就散伙，至少会有个践行仪式，或一些简单的道别。于是，他们之间开始有了寒暄，有了说话。

沙池许多次想，也许这就是所谓的宿命吧，他们之间的说话，是从他说，对不起对不起开始的，最后，也终以对不起结束。不过几年时间，不过一千多个日子。

算了，不想这些烦心事情，沙池对自己说，每一次心烦的时候，她都会那样劝说自己。

只能自己救赎自己，这是经历过那段痛苦不堪的日子，沙池觉悟到的。

人的一生，是由一个一个无常连接起来的，每一个不同的无常，决定了每一条不同人生的路。

5

沙池想当老师的想法，萌发于中学时候的一节数学课。

那时候，一年四季可以明显区分出来，春夏秋冬的衣服都有机会穿，夏季的服装，不会从初春一直穿到深秋。而如今，四季的界限已经很模糊了，像一幅抽象派油画，线条简洁得几乎没有，仿佛如今的天空，画面基本都是一样的，都是深深浅浅的灰色。

那个初秋，风刮起来，仿佛已经带上小刀片儿了。怕冷的人，比如，一些老人，一些幼儿，一些血气不旺的女人，都已经穿上了棉毛裤、棉毛衫，甚至有人穿上了薄棉袄。

那天，天气阴沉沉的，没有一丝太阳光。数学课，数学老师讲平面几何，他熟练地在黑板上画一个三角形，把ABCDE，各就各位点在三角形上面，然后，要求学生思考，如何证明等腰三角形两腰上的高相等。

数学老师姓倪，五十岁出头，戴一副黑边方框眼镜，镜片有些厚，一圈圈的，很多圈。倪老师是所有任课老师当中，最耐心，最好脾气的老师，学生们背地里叫他泥菩萨。

可大部分学生做数学题的时候，还是会有些紧张。一些数学成绩好的，脑子飞快转动，很想露一手，能答对老师给出的题。一些数学成绩不好的，心脏飞快的跳动，担心被点名答题。

教室一片寂静。数学老师开始不紧不慢地在讲台上踱步，并不往台下走，也不看坐着的学生。他一边在讲台前踱步，一边将左手挽到胸前，低头看了看袖口边，那袖口边与袖子已经若即若离，于是，他似乎没假思索地，一把拉掉棉毛衫的袖边，然后，慢慢地靠近教室门后面的簸箕，准确地往簸箕里投进去，再平静地走回到讲台中间。

看到这一幕，沙池吃惊不小，就在那个瞬间，她想，以后做个老师吧，但不做数学老师。

沙池一直说不清楚，为什么她未来的人生理想，恰在那一个时刻，向她闪烁光亮，向她招了招手。但她能够说清楚，自己以后要做怎样的一个老师。沙池想，如果有一天梦想成真，当上了老师，自己要把握好两个原则，第一注重仪表，第二尽量不被学生们八卦。

有时候，一些看似重大的事情，仅在刹那之间就决定了。人生的道路有时候是如此，刹那之间的选择，也许就是一辈子了。

师范大学毕业，沙池如愿以偿，而且非常幸运，得到一个在 H 城最好的学校当老师的机会。

6

讲座开始之前，会议厅挤挤挨挨的，几乎已经座无虚席。一个班级一个班级，依次横向排列座次。讲台上有一块大屏幕，大屏幕上有一行醒目的欢迎词。

“吃巧克力，吃巧克力。”焦书桓侧着身子，移进座位，一边跟左右两边的同学说，一边递过一个袋子。右边的乔布朗，毫不客气地拿了好几个。

“吃巧克力，吃巧克力。”乔布朗敲了敲焦书桓前面的椅背，江南回过头来。

“哇，好啊好啊，谢谢啦！”江南兴奋地从乔布朗手里接过巧克力。

“江南，都给你了。”焦书桓迅速把盛巧克力的袋子整个递给江南。

“谢谢。”江南随即从袋子里抽出手，迅速左右开弓，完成分巧克力的行动。

“别以为这是看电影啊！”王一敏转过脸，冲着焦书桓笑着说道。

焦书桓总有吃不完的零食，平时常常从家里悄悄带到学校。

台上的大屏幕变换了文字，几个白色的字，醒目地显现在宝蓝色的底版上：文学·理想·现实——我们为什么要仰望星空。这些字分成两行，副标题在第二行，字体比第一行略小一些。

不一会儿，同学们的脸几乎同时朝一个方向看过去，噪音自觉地消失了。在教导主任的陪同下，教授款款走上讲台。

整整一个上午的讲座。

教授在同学和老师热烈的掌声中，儒雅地道谢，然后，在教导主任的陪同下，款款走下讲台。

讲台下面，所有的大脸小脸都容光焕发，兴奋的激动的心跳声，仿佛音乐，满满地萦绕在整个会议厅。

“听说教授是校长邀请来的校友。”走出会议厅的时候，廖一蕾跟江南说。

“怪不得噢！”江南由衷感叹道。

“校长是北京大学毕业的。”廖一蕾又说。

“讲得超级精彩。”江南有点小小亢奋。

“几乎全场，座位上的人都鸦雀无声。”神采奕奕的王一敏说道。

“教授口才好，讲得很生动。”乔布朗对讲座也是称道赞好。

“呵呵，听起来很生动，想起来很激动，做起来很难动。”焦书桓给他们泼冷水。

“下午，老师下午一定是布置写专题学习体会。”乔布朗甩甩脑袋说道。

“必须的，大家做好思想准备，免得整个下午都钉在座椅上吧！”王一敏接着乔布朗的话说。

“这还算什么夏令营啊？！”江南大声嘟哝着。

大家正慢慢悠悠走着，议论着，仿佛思绪还没有完全从会议厅走出来，似乎把魂掉在那里了。

“大家赶快去食堂用餐，赶快去啊……”后勤老师从后面赶超上来，一边走一边喊，催促大家午餐。

7

“几点钟啦？”江南睡醒过来了，但依然闭着眼睛，口齿不清地问廖一蕾。

“快三点钟了。”廖一蕾说话的时候头也没抬，保持了原来的姿势。

“醒来的时候，我还以为早上呐！”江南一边说一边从床上翻起身，费力地睁开双眼，她的脸和嘴唇像涂过了胭脂和口红。

“我马上写好了。”廖一蕾手里握着笔，字写得飞快。

“老师够狠的，真的要我们写感想啊？我义愤填膺。”江南如梦初醒，这时候，她才是真的睡醒了，脑袋一下子清醒起来，要交的作文还一字未写呢。她马上连滚带爬地从床上下来。

“还有，你家王一敏，说什么，必须的，写感想。”江南气呼呼地接着说道。

“瞎说什么啊，再说，讲那话的人，不只是他一个啊，你怎么不说说啊？”廖一蕾转过头冲江南笑着说。

“快写吧写吧，一会儿就要交啦！”廖一蕾催促着江南。

江南一副痛苦万分的样子，坐到桌前。

乔布朗和郎涯坐在客厅，不一会儿，王一敏和廖一蕾先后来到客厅。

焦书桓走出房间的时候，其他人都笑嘻嘻地看着他。只见他右手挠挠头，嘿嘿地笑，露出一些憨态。

“我们去餐厅吧，顺便陪乔布朗把作文交给沙池老师。”王一敏对大家这样说。

“晚上七点钟还要开交流会呐！”江南有气无力地叹口气。

“交流会开始之前，我们是不是可以先去玩一会儿。”乔布朗笑着说道。

“对啊。”廖一蕾紧接着乔布朗的话，高兴地说。

“我们去影视街玩吧！”焦书桓大声地说。

“赞成。”郎涯举起了右手。

廖一蕾和江南也附和着。

“那我们吃饭利落一些，就说定了。”王一敏也表示同意。

这样，焦书桓的提议算是被同屋的室友们全体通过了。

8

沙池走进会议室，站在门内侧。

交流会开始之前，王一敏他们一行人，在门口收住了脚步，然后，轻手轻脚地进门，接二连三找到各自座位坐下。

沙池说，交流会定在这个时间，辛苦同学们了。

“我挑选了每一位同学作文的片段，读给大家听。”沙池一只手搁在一摞作文本上面，眼睛看着学生，微笑着说道。

“这次作文不评分，不作为学分成绩，不分好差，只分享各自的观点。大家交流的时候，希望能够放松心态。”沙池继续说，一边从桌上拿起作文，开始念。

焦书桓的脚踝开始隐约疼痛。刚才跑的时候，还没有感觉疼得这般厉害。

“你怎么不走啊？”焦书桓想起已经跑在前面的江南，她折回来的时候，这么问他。

“好像我的脚扭了一下。”焦书桓一边揉着脚踝，一边抬头看着江南弯下来的脑袋。

“疼不疼啊？”江南担心地问。

江南这一问，把焦书桓激动坏了，差点感激涕零，因为江南从来没有这般温柔地单独跟他讲话过。

“嘿嘿，不疼了。”焦书桓对江南笑笑，随后立即站起身，跑步往前。

“冬天的时候，每次摘下口罩，就会看见两道黑色烟囱，印在灰色的纱布上，原来的白色口罩完全面目全非。所以，我每天都换口罩，我有一抽屉口罩。这是焦书桓同学写的。”沙池说。有同学嘻嘻地轻笑。然而，老师读出来的句子，焦书桓自己听来，特别的满意。

“没有来到这座城市的时候，我从没有想过，看星星月亮是件很难得的事情。我在家乡时，晴天的夜晚，小朋友们常常到屋外看星星月亮，天上有很多很亮的星星，云像耍杂技一样，变各种各样的花样。这是江南同学写的。”沙池继续着。江南正微微一笑。

“确实，现在的天空不够清澈，雾霾严重。我们每天呼吸空气，对空气是如此的依赖，而空气却一点点吞噬我们的健康。我们仰望星空，却难以看清楚它。但是，我们依然要仰望星空，那是仰望我们心中的理想啊！我希望能够考上大学，以后学习生态环境方面的专业。我希望用我的青春，甚至用我一生的岁月，让雾霾烟消云散。这是王一敏同学写的。”沙池说道。

“妈妈寄过来很多照片，照片里衬着蓝蓝的天空，那湛蓝的色彩，常常让我浮想联翩，什么时候，我每天可以看见这样的天空啊。廖一蕾同学是这样说的。”沙池又翻开另一本。

“湖水没有倒映，天空没有云彩。这是郎涯作文其中的一句诗。”沙池说。

“当我们仰望星空的时候，我们的目光远远的，高高的。当我们内心有一片星空的时候，我们的心灵是清澈的。我喜欢仰望星空，我也要脚踏实地，奋发努力。乔布朗是这样写的。”沙池继续一段一段地念。

最后，沙池说，看了同学们的作文，自己很受触动，大家的作文都很有真情实感。

会议室里，只有沙池一个人的声音。这种安静一直延续到交流会结束，大家安静地走出会议室。

9

沙池有些意外惊喜，学生们对仰望星空的话题，竟每一个人都能够谈得有闪亮之处，就连平时看上去没心没肺，嘻嘻哈哈的那几个学生，也都道出了不错的看法。

“沙老师，你运气真好，班里的学生都很聪明。”沙池情不自禁地笑了，她仿佛又听见其他老师这样说。

是啊，沙池暗自感叹，比起自己读高中时候，现在学生接受信息的渠道多了许多。

沙池拧开床头边台灯，关上了客厅的顶灯，然后走去洗手间。她在镜子前停住了脚步，她看见自己。

沙池下意识的对自己笑了笑，从温婉笑容里，她竟也看出些寂寥来，她似乎隐约有一丝顾影自怜。

再凑近镜子，沙池发现自己的脸色有些暗黄。这样的发现，其实并不令她惊讶，她很明了其中的原因。

身体一片荒芜，总有些空缺没能及时填补。可是，随意犁地，春天，荒芜会开出花蕾吗？

念了一晚上的星空，沙池真的想起一些与星空有关的事情来。

沙池和他第一次约会，在大二，在学校最近的公园。那天，恰巧天上有星星，有月亮。他们一边走路，一边想着话说，每到尴尬时，星星和月亮就成了话题，自然而然的帮助到他们。

“如果我不在人世了，我就会化成天空上的一颗星星。你看得见的那一颗星星，就是我。”沙池用手捂住他的嘴。那时，沙池是第一次单独跟他去外地游玩。

夜色还在，而天色仿佛又即将泛白。他们身边的树木散发着潮湿的气味，树叶上有晶莹剔透的水珠，只是暮色里看不见。

“我们回去吧，时间很晚了。”沙池忽然心里莫名其妙地害怕起来。

他抱住沙池，他们在静谧的星空下，相拥很久。然后，他们一起搂着走回住处。

沙池觉得令自己印象比较深的情景，大部分都发生在星月可见的晚上。当初，丈夫求婚，也是在夜晚。最令她伤心的事情，也发生在夜晚。

沙池从洗手间出来，关上窗户，随手拿过一本书，靠着床背翻看起来。

10

“你说，我到底要不要去美国读大学啊？”廖一蕾趴在床上，支起手臂，双手搁着脸，看着江南问道。

“你怎么突然又想起美国读书的事呢？”江南疑惑地问廖一蕾。

“刚才说那么多仰望星空的事，想想妈妈照片上的美景，真有点儿动心呐。”廖一蕾笑眯眯地说道。

“如果你去美国上学，王一敏读什么学校啊？”江南也支起手臂，双手搁脸上，笑着对廖一蕾说话。

“王一敏说，如果我去美国读书，他就在大学里争取做交换生，或者也去美国读书。”廖一蕾对江南眨了眨眼睛。

“嗯，原来你们连远大目标都商量好了呀！”江南露出惊讶的表情。

“这很正常啊，高考的事马上就要面对了呀！”廖一蕾平静地微笑着说。

“唉，江南，告诉你一件事，先让你猜。”停顿片刻，廖一蕾放下手臂，转个身，面向屋顶，平躺着。

“说吧。”江南两眼望着廖一蕾那双翻过自己脑门，正朝她看的大眼睛，奇奇怪怪的，没好意思笑出来。

“夏令营的前一天，我去超市买东西，遇见我初中女同学，她现在职高读书。”廖一蕾慢慢地说着，像讲故事一样。

“我同学和两个男生一起，他们穿一样的校服，我想，他们应该是同学吧。”廖一蕾停顿了一下。

“嗯。”江南随即应声道，心里面有点着急，怎么还不着正题呐。

“你猜，他们买什么？”廖一蕾慢慢地问。

“我差点跟我同学打招呼呢。”廖一蕾紧接着跟上一句，说话的口气仿佛如释重负。

“买烟。”江南自信地说。

“不是。”廖一蕾说着话，一边把右腿竖成九十度，停在那里。

“买酒？”江南语气有些不那么肯定了。

“再猜。”廖一蕾腿一动不动地说。

“猜不到。”江南停顿片刻后回答道。

“我再提供点线索吧，他们停在买沐浴露柜台的转角处。猜吧。”廖一蕾放下右腿，往上空抛了几下左腿。

“不知道。”江南立即回答道，显然是懒得动脑筋了。

“告诉你噢，你要有思想准备啊。他们在商量买什么牌子的避孕套。”廖一蕾放下左腿，一个翻身，双手安放在枕头上，下巴搁手臂上，两眼看着江南。

“My God，怎么会啊，而且和两个男生一起去买？”江南瞪大了眼睛。

“她以后跟谁结婚啊？”江南的惊讶劲儿似乎意犹未尽。

“唉，你会在什么时候和爱你的人睡一起？我说的睡一起，这意思你懂的噢?!”廖一蕾又转过身，不看江南，看着屋顶说话。

“你不会有什么想法吧?!”江南忽然睁大了眼睛，看着廖一蕾，她把自己的第一反应脱口而出了。

“什么呀！快回答我刚才的问题嘛。”廖一蕾坚持催促着。

“我完全的明白你说的意思，让我想想吧。”江南若有所思地笑着说。

“我觉得应该是可以结婚的时候吧。那你说呢？”江南想了想，反问一句。

“我不知道。我不知道才问你呢！”廖一蕾笑了，她拉过被子，像在家里抱大熊那样抱住被子，脸枕着被子一头，左腿搭被子上面。其实，她心里的想法跟江南差不多，做那事，至少应该在确定可以嫁的时候。

“好呀，你耍赖啊！”江南想用枕头当武器，忽然又停下了。

“唉，我们是讨论你去不去美国读书的正经事情好不好?!”江南如梦初醒地继续说道。

“是的啊，可是，如果我去美国读书，我老爸就孤家寡人啦。不过，如果我在国内读大学，我老妈也是孤家寡人。哎呀，真够麻烦的。”廖一蕾已经不避讳跟江南谈她父母的事了。

“也许有一天你爸也去美国了，或者你妈回国了。”江南替廖一蕾想象着。

“我爸说过不去国外，他这里有公司要管。我妈很喜欢在现在那所大学教书。所以，理想很丰满，现实很骨感，你设想的美好愿望，实现起来很渺茫。”廖一蕾自我调侃着，但是语气肯定。

“嗯，别担心那么多了。”江南安慰道。

“好吧，睡觉。我困了。”廖一蕾跟江南说。

11

焦书桓醒得特别早，是手机短信的声音叫醒了他，他打开短信看。然后，他一骨碌从床上坐起来，开始穿衣穿裤。

焦书桓轻手轻脚地打开房间的门，几乎侧着身体出门，他转动了一下门把，再轻轻把门拉上，又转动了一下门把，门重新关上了。他用同样的方法，走出了客厅的大门。

哇，外面太阳都已经出来啦，出了门的焦书桓觉得很新鲜。他站在门口，深深吸了口气，树木花草的清香味，从他的鼻子钻了进去。然后，他定了定神，就撒开腿朝服务台方向跑去。

焦书桓看见父亲已经等在那里，他气喘吁吁地停止了冲刺，脸上冒着热气。

焦书桓的父亲伸出手臂，举起手掌心，在焦书桓头顶搓了几下，然后转过身，对奥迪轿车门边的中年男人点了下头。中年男人迅速打开车的后备箱，从里面拎出了一个大袋子，递给焦书桓的父亲。焦爸随手把袋子交给焦书桓。

“嘿嘿，这么早。”焦书桓往袋子里张望了一下，跟焦爸笑着说。

“脚怎么样了？”焦爸问。

“没事了，已经好了。昨天去过校医那里，校医给我作了冷敷，按揉了一会儿，喷了药。”焦书桓说话时很轻松的样子，一点儿痛苦都没有。

“要小心点！有事告诉我。我今天要出差去。”焦爸拍拍焦书桓的肩膀说。

“好，你回去吧。”停顿片刻，焦爸搁在焦书桓肩膀上的手，又起伏了两下。

“嘿嘿，老爸再见。”焦书桓笑着说，然后拎着袋子就往回跑。

焦书桓开门进屋的时候，几个人正在洗漱，忙作一团。

“你一大早的，鬼鬼祟祟干什么去了？”焦书桓走进房间的时候，王一敏问他。

“你才鬼鬼祟祟呐，醒了也不吱声。嗨，我还担心吵醒你，轻手轻脚的。”焦书桓把手里的袋子啪地往桌上一放。

“说实话，我是怕吓着你。”王一敏所言的确是实话，他看见焦书桓当时轻手轻脚的样子，真担心发出声音反而会惊扰他。

“哇，这么多好吃的啊！”王一敏看看大袋子，转过脸跟焦书桓说话。

“你老爸来过啦？”王一敏疑惑地问。

“嗯。他来看我脚伤得怎么样。”焦书桓一边应答，一边开门出去，准备去洗漱。

“昨天跟你爷爷奶奶撒娇啦？”王一敏的话追过来。

“只给老爸发了个短信。”焦书桓回过头说。

十五分钟后，一屋子人已经全部收拾停当了。然后，他们一起去食堂早餐。早餐后出发，去影视街游览。

12

在所有学生家长里，沙池跟焦书桓的父亲算是最熟悉的，还成了朋友。但是，沙池与焦书桓的父亲做朋友的直接原因，并不是因为焦书桓。

“沙池，你学生的家长里有没有在银行工作的。”久未联系的高中同学，在聊了一段家常之后，问沙池。

“有一个，怎么了？”绕了一圈话，沙池总算领会到同学一番家常话里的铺垫。

同学看好了一套住房，准备按揭买房，想让沙池找家长帮忙。

“我知道银行跟房产公司有业务往来，银行的人应该与房产公司的人熟悉。”同学这样说的。沙池可从来没有想过这个问题，而她不得不佩服同学的思路，如果直接找房产公司，那里不一定有他看中的房子，而银行与多个房产公司联系，所以，找银行是更合适的。

同学说，他老婆当初为了工作有保障，读了护士专业。如今上班三班倒，白天门诊室很忙很忙，工资也不多。

沙池不好意思拒绝同学，于是联系了焦书桓的父亲。

电话接通后，一切都很顺利。房产公司给了沙池的同学折扣，房款减少了好几万元，同学很高兴，连说谢谢。

虽然已是初秋，但天气似乎仍停留在上一个季节，根本不用穿秋衣秋裤，街上到处是夏季的裙子、T 恤、衬衣。

一家干净的特色餐厅，一个小包厢，沙池早早地坐在里面了。沙池觉得有些事情可以带过来做，提前到的时间并不浪费，请客人不应比客人晚到的。

“沙老师，你好你好！”焦书桓父亲走进餐厅包厢，快步向前，热情地向沙池伸过手去。

“我想早些时间过来，还是比你来晚了。”焦书桓父亲表示歉意。

“你客气了，离约好的时间还有半个多小时呐！”沙池笑着说道。

“还有你同学，是吧？”焦书桓父亲笑着问。

“是的。”沙池正说着话，同学的电话就进来了。

“嗯，那我们等你。……哦，好吧，我替你转达……好的，再见。”沙池跟手机那端的同学说着话。

“噢，我同学临时不能来了，他让我转达谢意。他说你帮了他大忙，非常感谢你。”沙池一边合上手机，一边微笑着对焦书桓的父亲说道。

“沙老师，你客气了，举手之劳的事。沙老师能够找我做事，我非常高兴，应该我谢谢你才是。”焦书桓的父亲笑着说。

“好，那就我们两个吧。这是我的名片。”焦书桓的父亲从小皮包里拿出名片，双手递给沙池。

“谢谢。”沙池接过名片，看了看，然后放进包里。

沙池正要开口询问，焦书桓的父亲已经招呼服务员拿过菜单。

“沙老师，你看你喜欢吃些什么？”焦书桓的父亲递过菜单给沙池。

“不客气，你随意吧！”沙池没有接菜单，似乎一时间没了东道主气场。沙池觉得不好称呼焦书桓的父亲，就索性不带称呼了。称呼焦行长吧，不是同事，也不是联系业务，显得见外。称呼名字吧，似乎不妥。称呼焦书桓父亲吧，叫起来繁琐，有些别扭。

“那我就喧宾夺主啦！”焦书桓的父亲一边看菜单，一边说道。

“沙老师，你喝酒吗？红酒怎么样？”焦书桓的父亲看着沙池问。

“谢谢，我以茶代酒吧！”沙池用手里的杯子示意。

“好，我们就要个水果。”焦书桓的父亲询问的表情，问沙池喜欢什么水果。

“那就芒果吧！”沙池微微点头回答。

焦书桓的父亲随即跟服务员说，两个芒果汁，然后又点些菜。这个时候，沙池在被动的和谐的气氛里，已经完全失去了东道主的位置。

“沙老师，焦书桓让你费心了，谢谢你。”焦书桓的父亲举起杯子，敬了沙池。

“谢谢。”沙池对焦书桓的父亲说，关心学生是教师的本职，不必客气，自己极恐做得不够好。

餐厅的顶灯把餐桌照得通亮。递上餐桌来的，都是餐厅的特色菜。

不知不觉中，盘子里的菜渐渐少了，他们聊的话题渐渐多了。他们从焦书桓开始聊，又说起如今的独生子女，如今的学生，说起他们的共性与个性。从学生和孩子，又说起如今的教师，如今的家长，说起他们的责任和无奈。从家长和教师，又说起如今的工作，如今的生活。

午餐尚未结束，沙池和焦书桓的父亲已经像朋友那样聊天。沙池对焦书桓和焦爸，多了一些了解。

13

像许多独生子女一样，焦书桓尤其是他爷爷奶奶的掌上明珠。自从上小学开始，焦书桓的大部分时间都住爷爷奶奶那里，因为爷爷奶奶家户口所在地，有最好的小学，而且，爷爷奶奶可以每天接送焦书桓上学放学。又因为，焦书桓从上小学开始，焦书桓的父亲工作更忙了，常常早出晚归。

焦书桓的父亲第一次喝醉酒，他说他终身不忘。那个时候，社会上已经开始有不少有钱的人。为了那些有钱人的钱，银行与银行之间明争暗斗。

八月的天气很热，而夜晚，终究与白天的天气不同。当夜晚的空气，触摸肌肤的时候，尤其是触摸酒醉了的人的胸口，那空气是不够温暖的。

“你再喝一杯，我再加一万。”餐桌上的老板翻着嘴唇，对焦爸说，于是，焦爸手握酒杯，二话没说，一仰脖子，一口将杯中酒喝得一干二净，科长拦也拦不住他。

那个晚上，焦爸一共拉到了二十万人民币存款。科长和同事把他送到家门口。科长拍了拍他的肩膀，说，干得不错，敢拼。

那个晚上，焦妈花了整整两个小时，将烂醉如泥的焦爸和房间都收拾好，然后才有时间坐下来。焦妈坐在床上，花一小时时间，看着焦爸心痛。

第二天，当焦爸头昏脑涨地走进办公室的时候，科长拍了拍他的肩膀，激动地告诉他，总经理对他们昨天晚上的成绩非常地满意。焦爸内心无比光荣地笑了，一下子精神了许多。

又一个众多夜晚里的夜晚，春风沉醉，焦爸也醉了。焦爸的部门总经理对两员工说，把焦科长送回家去吧。

“我没醉，我，再跟你喝，一杯，你，再加，十万。”目光散乱的焦爸，两眼直勾勾地，盯着餐桌上的老板这么说的时候，被他的部门总经理劝阻了。

那个晚上，焦爸拉到了两百万人民币存款。当两员工把焦爸送到家门口的时候，焦爸抬起温柔的手臂，向他们挥一挥手说，你们回吧，但他们没敢马上回，一直等到焦妈开门的时候，才敢转身离开。

那个晚上，焦妈将沉重的焦爸弄到沙发上，盖上被子。然后才自己回到卧室去。

第二天，焦爸面色苍白，当他来到总经理办公室的时候，总经理拍了拍他的肩膀，兴奋地告诉他，昨天晚上的成绩，分管行长知道啦，行长很满意，鼓励我们要继续努力。焦爸点点头，嗯了一声。然后，回自己的办公室去了。

春去秋来，日复一日。初秋的夜晚应该是舒爽的，然而，那个夜晚，焦书桓的父亲并不舒爽，他又醉了。驾驶员开车把焦爸送回家后，焦爸对员工说，钥匙，钥匙在包里面。

“谢谢你。这一杯，我干了。”焦书桓的父亲豪爽地举起手中的满杯红酒，对餐桌上的老板说，然后一抬手，将酒杯里的红酒一饮而尽。

那个晚上，焦书桓的父亲谈成了五千万人民币存款业务。

那个晚上，焦爸在几个员工的搀扶下，跌跌撞撞地朝沙发奔去，迫不及待地倒进沙发。在昏睡过去之前，焦爸向一行人挥了挥手。

员工们搬来被子，轻轻盖住总经理的身体，然后轻手轻脚地鱼贯而出。

“最后一杯酒，是总经理自告奋勇喝下去的。”离开焦爸家之后，年轻男员工向科长汇报。

“是啊，跟那个大客户谈妥业务，总经理当然很高兴啊！”科长语气肯定地说。

“总经理今天还没有把他的照片拿出来过呐！”中年女员工随即接着科长的话说道。

所谓照片，其实就是医院给焦爸做胃镜的照片。焦爸把照片随身放在包里，有的时候，拿出来作为逃酒的理由。当然，有时候科长和员工会自告奋勇把酒代喝了。

再后来，焦爸不用随身带胃镜彩照了，也从此没有喝醉过。因为后来，焦爸进出的都是最好的餐厅，约见的都是不拼酒的大客户，喝的都是很久年份的不易上头的红酒。

14

焦书桓眼里的父亲，经常用大手掌心摸摸他的头，总是呵呵笑着的，豪爽的和蔼的，他从未见过父亲酒醉的模样。

焦书桓眼里的母亲，总是微微笑着的，温柔的慈祥的，经常拿着抹布和拖把，把家里打扫得一尘不染。焦书桓还有印象，他小的时候在自己家里住，几乎每天都喜欢在地上玩翻滚打斗，从不会弄脏衣服弄脏裤子。

上小学开始，焦书桓住到爷爷奶奶家里。焦爸焦妈每天来爷爷奶奶家，他们一起吃晚饭。

后来，焦爸焦妈不是每天来爷爷奶奶家，但每星期至少会来两次，看看爷爷奶奶，看看焦书桓。有的时候，他们一起吃晚饭，有的时候，他们聊会儿天，然后忙工作去了。

焦爸焦妈每个星期都去看望焦书桓的这个习惯，在焦书桓考上重点高中住校之前，都一直保持着。

焦书桓在爷爷奶奶和焦爸焦妈的宠爱中长大。在焦书桓成长的时光里，他没有机会看见，焦爸和焦妈的两张圆脸，同时拉成两张长长的驴脸。

“为什么喝醉的总是你？”

“明知道自己酒量不好，为什么要喝那么多？”

“为什么一定要理睬那些摆地摊、卖甲鱼的土鳖客户啊？”

室外，瓢泼大雨，声音嘈杂，焦妈向焦爸连问三个为什么，焦妈说话的分贝比平时高些，一是为了让焦爸听清楚，二是为了表达内心的气愤。

那是焦爸拼一杯酒，拉一万元存款时，焦妈的心声。

“为什么当上了科长，喝醉的还是你？”

“明知道自己酒量不好，为什么要去在乎酒风好不好？”

“那些有点钱就嘚瑟的客户，不理他们不行啊？”

室外，星月偶尔亮堂，静谧安宁。焦妈说话的分贝与平日不二，但语气铿锵。焦爸说，行行好，这里的黎明静悄悄啊。

可是，这是焦妈的心声，岂能无言，虽然焦爸的酒已增值，一杯酒换得十万元存款。

“为什么当上总经理了，没有人替你喝醉？”

“明知道醉酒伤害身体，为什么还要去拼命？”

“那些有钱的客户，比我更重要么？”

室外，秋风瑟瑟，落叶满地。焦妈说话压低了分贝，但每句话，都掷地有声。

终于有一天，焦妈抛开了手中的抹布和拖把，揭竿而起。她舍弃小家，投奔单位那个大家庭，当领导去了。论收入，焦妈与焦爸小巫见大巫，焦妈少很多。论级别，焦妈与焦爸不相上下，也算个处级领导。

后来，焦爸和焦妈分别跟焦书桓谈了话，谈话的调调是他们事先约定好了的。

怎样才是既认真又轻描淡写呢，这仿佛如一个重要的命题，让焦爸和焦妈，在跟焦书桓谈话的前一夜，各自都没有睡好。

橙黄色的灯光，将焦书桓的脸照得宛若一个新鲜柠檬。焦书桓知道了，有些事情意想不到，但真的在这个世间发生了。可是，发生的事情不会让天空坍塌下来，不会让他的生活变得面目全非，他觉得老爸老妈说的是真话。

15

沙池走在自己班级学生队伍的最后面。

郎涯自告奋勇地担当领队，走在班级队伍的最前面。他们的身边，不断有游览的人群，与他们交错而过。导游讲解的声音，从扩音器里传出来，此起彼伏。

太阳已经开出来了，还不是非常的热。在夏天活动，总是这样，要起得早。学生穿着校服，戴上统一的太阳帽，看上去非常整齐。沙池想，幸亏学校考虑周到，这样统一穿戴，找人会方便许多。不然，这人来人往的人堆里，要分辨出自己的学生真是不方便的。

在视线里，影视街悠长悠长，似乎人挨着人，仿佛街道布满了密集的地雷。街道两边是看上去有了一些年份的门面，游人可以随意进出，进进出出的人不可避免地会触碰到身体，似乎男男女女都不在意擦肩而过，似乎有了游览观赏这个共同目标，其他的都不知觉了。

沙池看见，学生的队伍受到游览人群的穿插，渐渐拉长了，松散了，所幸的是，他们事先约定了集中的时间和地点。

沙池去过另一个城市的影视街，那是她结婚的时候，丈夫带着她去了国外，又在国内几个城市游览，其中的一个景点就是影视街。沙池想起那些往事，仿佛就是影视街拍摄的电影，她仿佛在看一部电影。沙池很惊讶自己的感觉，难道时光真的如流水般不见踪影，如狂风般一扫而过，真有那么久远么，可是，再想想，沙池觉得又不像是电影，似乎是在影视街拍摄的电视连续剧。

学生们快乐的声音时不时从前面传过来。沙池有时候真觉得自己运气很好，这个班级的学生都让她喜欢，没有一个是她看不过去的，难怪其他老师羡慕嫉妒了。

在另一个城市的影视街，游人远远没有现在那么多。天空一片琉璃般的色彩，他们走在云彩下面，如同现在的学生那般快乐，甚至更快乐。

新郎手牵着沙池，仿佛牵着孩子的手，似乎担心一不小心，就会把沙池给弄丢了。新郎的手非常柔软，据说手软的男人有福。沙池渐渐放慢脚步来，放开新郎的手，走到新郎身后，然后，悄悄转进身边的屋子。一会儿，她在屋子里，看见面色焦虑的新郎，正急冲冲走过她面前。沙池就那么耐着性子，等着看新郎寻找自己。当新郎第三次走过的时候，沙池出现在他的身边。新郎的表情仿佛看见失而复得的宝物，欣喜若狂。

月亮像出水的芙蓉，冉冉地出镜了。新郎说，结婚的日子，月亮是圆圆的多好。是啊，沙池也这么想。那个时候，她从来没有去想，月亮其实大部分时间不是圆的，那么，结婚在月圆的时候，到底是好呢，还是不好呢？

快乐的时光为什么总是短暂的，沙池情不自禁地叹问。从快乐幸福降临，到快乐渐渐消失，中间的过程，似乎是粗线条的，茫然的，时光恍若一片留白。

快乐如春天一般，是心房开满璀璨。快乐也像春天里的一场春雨，春雨过后，落花满地。在时光里，那心房绽放的璀璨，如短暂的一瞬，而春雨却是绵绵不断。

满园春色变为缤纷落英，往往看不见变化的过程，只是知道有过一场春雨，有过一阵春风。

16

夏令营的队伍越来越松散了，学生们越来越有自主的空间，谁也无法从头到尾喊住队伍的所有人。老师又一次关照班长，注意游览安全，注意准时集合。班长再次关照组长，无论如何，一个小组的人要聚在一起。

一大早，郑重其事集合起来的大队伍，一会儿功夫就分割成数大块了，基本上每个班级各自为阵。

“走快点吧。我们去前面，去郎涯那里。”乔布朗对身边的焦书桓说道。

“我又没停下来。”焦书桓算是应答乔布朗，而走路的节奏并没有实质性的变化。

乔布朗没有再理会焦书桓说什么，而是拉了下焦书桓，同时加快了步伐。焦书桓在外力的作用下，不自觉地也加快了步伐。

他们俩似乎统一了节奏，默默地往前赶。当焦书桓意识到自己已经走快许多的时候，心里不知不觉地有些不情愿的怨气。

“你什么时候开始，走路也跟跑步一样了。”焦书桓边走边说，乔布朗笑笑，保持沉默，只顾大踏步地走路。

王一敏跟着廖一蕾她们几个女生一起，不紧不慢地在后面，边走边看，边说边笑。

“你们看，那块空地，像是拍摄刑场的那个空地，跟我老家学校附近的那块空地，简直一模一样。”江南左手指着左前方，激动地跟廖一蕾和王一敏他们说。

“就是我跟你讲过的，体育老师被揍的那地方。”江南一边继续说着，一边用右胳膊肘，敲了敲廖一蕾，目不转睛地兴奋地看着前方。

王一敏会心地笑了。很显然，廖一蕾把江南跟她说的悄悄话，告诉给王一敏了。

这个时候，江南并不介意。她随着兴奋劲儿，不知不觉加快了脚步。

“你们也过来啦！”焦书桓转过头来，看见王一敏他们。

“你们走得真快，赶集啊？！”王一敏开玩笑地跟焦书桓说。

“这里可好玩啦！”江南像是对自己说着话。

“昨天傍晚没来得及到这里，今天补上了。”乔布朗对江南说，说话的时候舒展了他天生的迷人笑容。

太阳已经升高了，气温也升高了。毕竟是夏天，即使在这个度假区，太阳也不会太吝啬祂的能量。

“天气热起来了啊！”廖一蕾说罢，从书包里拿出一瓶水，喝了几口，然后把瓶子放回书包。

“是的，比一早热多了。”王一敏立即附和着。

“焦书桓，你一声不吭的，是不是书包背不动啦！”王一敏几乎没做停顿，接着对前面的焦书桓大声说道。

“你明察秋毫啊，不愧是班长。”焦书桓转过脸，咧着嘴，笑着说。

“大家帮我减负吧！”焦书桓说着就停下了脚步，他把书包从肩膀上松下来，踮起右脚尖，折起腿，把书包搁腿上面。然后，焦书桓拉开书包的拉链。

焦书桓周围的几个人都停下脚步，围着他。

“哎呀，好像都是女孩子吃的东西啊！”焦书桓嘿嘿笑着，并不抬头，眼睛看着书包。他从书包里拿出两袋杏仁，递给江南和廖一蕾，又拿出两大包牛肉干，又递给江南和廖一蕾。

“互相帮助，互相帮助。”焦书桓笑着跟江南和廖一蕾说。然后，对乔布朗和王一敏他们说，你们自己选吧，给郎涯留一份。

“谢谢。”廖一蕾和江南异口同声地跟焦书桓说。

焦书桓看一眼戴着太阳帽的江南，觉得她戴帽子很好看，他耳边忽然又莫名其妙地，回想起江南的声音，脚疼不疼啊……

一会儿工夫，王一敏他们赶上了郎涯，和他一起走在班级队伍的前面。

17

影视街是一条仿民国时期的旧街道，在江南看来，某些地方跟她老家的街道非常相似。比如，街道的宽度，比如，街道的长度，比如，街道的视觉色彩。

“这里一个一个门面是以前的店铺，在我老家是住家，但整条街道很相似。”江南触景生情，忍不住跟廖一蕾和周围几个同学，讲起自己老家的事情。

江南出生的地方，也是她整个童年生活的地方，那儿有山有水，村民依山而居。山一边，有一条长长的街，一眼望去，像一条没有转角的跑道，当地人居住的房屋都集中在这条街上。

街的路不宽，左右两边，分别一扇门挨着一扇门，一扇门里基本上是一户住家。

在这条街上跑步追赶，是孩子们玩耍时很主要的一项内容。孩子追打孩子，大人追打孩子，从街的一头追打至街的另一头，那景象是家常便饭。

“那时候，除了我和我同桌，没有在这条街上被追打过，其他孩子经常挨揍了，就往街道那里跑。”江南像讲故事一样，慢条斯理地说。

“村里有一户最恶霸的，住在街中央。经常可以看见那恶霸家里人，站在街中央骂骂咧咧，不是恶毒地骂东家，就是指桑骂槐地咒西家。他们家孩子，难得有斗不过别家孩子的。这条街有了那户人家，似乎就一直不得空闲，挺热闹的。”江南继续给大家讲。

“那你到城里来的时候，那户人家还住那儿嘛？”廖一蕾似乎对那户人家产生了好奇。

“嗯，后来，许多人都去城里打工了。那户人家只留下老人和两个最小的孩子。”江南回答道，然后继续讲。

“住在那条街上的许多成年人外出打工了，街道一下子安静了，好像变得空空荡荡的。后来，那户人家在家的两个孩子过得很惨。”江南脑海里飞快地闪现出那时候的场景。

“不是那家孩子也挺狠的吗？”王一敏急着想知道江南这样说的原因。

“你们想啊，当年那恶霸家人丁兴旺的时候，两个小的孩子遇上丁点儿不爽，他们便全家出动啊，有父母，有几个大哥哥撑腰，他们从来不问事情的缘由，就跟别人恶语相向，或者拳脚相加，大打出手。”江南跟王一敏解释。

“那后来呢？”焦书桓急切地问江南。

“后来，那户人家的俩孩子成了那条街上最经常被欺负的人。”江南继续讲。

“经常会看见他们，一把鼻涕一把眼泪的在街上走。有的时候，不是手脚受伤，就是头上多个大包，或者破个小洞。”江南仿佛又看见当时的情景。

“其实也蛮可怜的。他们其中一人，和我同班同学。”江南继续说道。

有一次，大约是初冬的一个傍晚，天气很冷，气温在零度以下了，刮很大的风，风从教室的门和窗户缝隙里，吱吱地钻进来。

终于熬到放学了，可是江南不能马上回家，因为那一天轮到她做值日。那户人家的孩子和在一个小组，那天放学也要做值日生。

江南打扫好教室，整理好书包，正准备锁门，一扭头，发现那同学还坐在自己课桌前。江南喊：“锁门啦！”可喊了几声他都没有回应。江南有些恼火，走去他跟前，刚要质问，却发现那男生哭得稀里哗啦，是那种没有声音的哭。江南傻眼了，又有人欺负他啦，没看见啊。

“你，怎么了？”江南不知所措地问，可他旁若无人地保持原状态，没有理睬江南。

“你究竟遇到什么事啦？”江南想了想，还是坚持又问了一遍。

依然没有回应。但是，这一次，那同学忽然哐当拉开椅子，嗖地一下子站起身来，从抽屉里拽出书包，提在手里，从江南面前路过，扬长而去。江南看见他的手长满了冻疮，手背肿得鼓鼓的，像发酵过的面团，上面裂开好几个深红色的口子。

那同学衣着单薄的背影，在江南茫然的目光里很快消失了。江南久久没有回过神来。

后来，江南从赵爸赵妈的说话里，知道了大概。

原来，那户人家一共外出五人，父亲、母亲和三个哥哥，都在一个建筑工地打工。那天，同学父亲和三哥在施工现场意外受伤了，一下子两个劳动力没了，还要负担治疗费，所以，打工的五个人过年都不回家了。

"善有善报，恶有恶报。"焦书桓嘿嘿地说道。

"不要这么讲啦！"江南对焦书桓说。

"是啊，也够不幸的。"王一敏接着江南的话说。

"后来怎么样了？"乔布朗转过头，问江南。江南对乔布朗莞尔一笑，继续给他们说。

那一年的春节，是江南当时在老家度过的最后一个春节。打年糕和包饺子是每户人家都少不了的，平时赚下的肉都在春节食用。偏巧遇上春节下雪，那么，雪花可到之处，都成了孩子们的游乐场。

年三十的雪，下得很大很大。那天，早晨小小的雪花，未到中午，已变得如书中形容的那样，天空飘着鹅毛般的大雪。那条街，很快就铺成了白色跑道。几乎所有家的孩子，都在跑道上奔跑，嬉耍。大人们基本上都在屋子里准备年夜饭。

江南出门，看了看街道，冰冷的空气把她吓回了屋里。于是，她就在家里看赵妈包饺子，看赵爸做年糕。

柴火的味道，在傍晚时分，几乎弥漫了整条街，寒冷的空气似乎携带着喜气。

“好吃好吃。”江南迫不及待地品尝刚煮好的水饺，一边说，一边手中的筷子，还夹着半个胖乎乎的水饺。

“多吃一些。”赵妈高兴地对江南说。后来，在赵妈的提议下，他们三人带上煮好的水饺和年糕，去江南同学家了。

江南第一次，也是唯一一次走进那户人家。

门口的老奶奶站起身来，移开坐着的椅子，让他们进屋。

江南一脚踏进门去，差点摔跤。屋里的窗户用纸糊上了，没有开灯，所以，从外面光亮的地方走进去，仿佛走进电影已经开场的黑乎乎的放映厅里。那户人家的两兄弟，看见江南他们进屋，转身就出门去了。他们的奶奶和爷爷收下了水饺和年糕。

“过好春节和元宵节，我就离开我老家到 H 城来了，后来没有回去过。不知道那里现在怎么样了。”江南说着，仿佛讲好了一个故事。

“幸亏你跟着你爸妈一起出来了。”焦书桓看看江南由衷地说，仿佛江南曾生活在水深火热中，被解救出来了。

“郎涯，你怎么懵头走路，一声不吭的。”焦书桓对郎涯喊道，因为他突然发现，大家几乎把身边的郎涯忘记了。

郎涯转过头，对焦书桓温和地笑笑。郎涯实际上确实没有很在意周围人在谈论什么，江南老家的故事，他断断续续地，有一搭没一搭地听着。一路上，郎涯都在回想之中，回想前几天那个星月明亮的晚上，他和肖妹来到这里的情形。

18

影视街的一景一物，在乔布朗看来，特别的耐看。他从房屋的外形结构，看到内部装饰，目光专注，如饥似渴，眼睛似乎比平常又长大了二分之一。

建筑是仿的，可仿得惟妙惟肖，总体相似。走在这样一条街上，怀旧的感觉，会悄悄地跑进内心敏感的人心里。

乔布朗感觉自己仿佛走在电影镜头里，自己就是其中的一个角色。他的鞋底仿佛安装了弹簧，碰到地上那青石板，双脚顺势就轻轻巧巧地抬起来了。他习惯性地用手捋了捋刘海，他的头发经常在不得不剪短的时候，才肯去理发店修理。

乔布朗一边听江南讲她老家的事情，一边观看周围的景物，他喜欢一心二用，两件事似乎都不会耽误，他觉得这才是正常的状态。

“乔布朗，走啦，走啦！”一路上，同行的几个人，无数次对他这样说。

“嗯。”乔布朗每次总是回头看一眼要离开的屋子，好像总是还有想看但没来得及看的。

“你们看，这药铺里的摆设，连放中药的药柜都有，还做得很精细喔。”乔布朗对身边的同学说，并没有看着谁。

“是的。”郎涯笑嘻嘻地主动应答乔布朗，他想起自己在这里扮演过掌柜。

一行人走出药铺，又踏上青石板地。

太阳光越来越刺眼，气温越来越高了，乔布朗从裤子口袋里掏出一包面巾纸，揭开封口，抽出一张纸在脑门前很快地划过。然后，他拿着面巾纸的手，伸向身边的焦书桓，晃动几下。

“不用了。”焦书桓摇了摇头，表示不需要用面巾纸。

乔布朗又将面巾纸放进裤子口袋里。他并没有马上把手拿出来，手索性留在那儿了，另一只手也随即放入另一个裤袋。他就那样双手插在裤袋里走路。他跟一些同学有个共识，他们都认为男生双手插入裤袋走路，帅的指数会略有上升，而且，以双手插入宽宽松松的棉布裤子口袋为最帅。

乔布朗的双手似乎休息了，可双眼并没有休息。

“真没想到啊，来这儿旅游的人，那么多。”焦书桓自言自语似的对乔布朗说。

“是没有想到。不像我们住的地方那样，人烟稀少喔。”乔布朗望着前面挤挤嚷嚷的人群说道。

“哎，你们看，邮局到了。现在路上都看不到邮筒啦。”江南欣喜的声音，穿过空气，从前面传到了后面。

“现在谁还寄信啊？”乔布朗和焦书桓几乎异口同声地说。

忽然，乔布朗的心脏像是从山上掉下来似的，重重地扑通一下，就在他猛然间看见沙池背影的时候。几乎同时，他在心里暗自责怪自己，好像看见老师还要有心理准备似的。

乔布朗感觉自己的脸一下子热到脖子了。他用眼睛的余光看了看焦书桓，只见焦书桓正面向前方，大踏步地走着。

有侥幸的感觉，瞬间流过乔布朗的整颗心脏。他刚才心里惶惶然的那种感觉，悄悄地散去了，但他的心跳还是有点快，这让他有些不适。

乔布朗曾经很多次猜测过沙池老师的生活状况，他们几个男生也一起议论过。

有一次，乔布朗跟焦书桓、王一敏、郎涯几个男生一起聊天，他旁敲侧击的把话题引到了沙池老师，因为他们几个关系紧密的男生都知道，沙池老师跟焦爸认识。

“沙池老师结婚了，还没有生孩子，但不知道她多大年龄。”焦书桓告诉乔布朗。

“她丈夫会是做什么的，你能猜得出来吗？”乔布朗试探着问焦书桓。问的时候，乔布朗良心发现地闪过一个内疚的影子，不应该这样狡猾地对待焦书桓喔！

“听说是个律师。”焦书桓不是很肯定地回答道，面部表情带有一丝歉意。

乔布朗心里应该是清楚的，自己为什么要想更多知道，关于沙池老师的事，他知道自己对沙池老师有一种特别的感情，但是，他没有对任何人说起过这件事。有时候，因为没有可以倾诉的对象，他的苦恼就比较难消化。

沙池在前面人群里走着，乔布朗的目光不由自主地追随过去。

“现在比早晨出来的时候热多了。”乔布朗对焦书桓说，他从人群的间隙，看见沙池的背影。她的后背，有一块椭圆形状的印迹，椭圆形的边并不非常规则，湿湿的印迹，印在红色碎花的棉布衬衣上，加深了这部分的颜色。沙池摆动手臂时，忽隐忽现手臂上部腋窝附近，衬衣的颜色也加深了。

乔布朗觉得沙池身上一片细碎小花很好看。在她腰部一带，小花明显减少很多，再往下，她的臀围附近，小花又增加了许多。

“这边走了。”焦书桓看乔布朗还要继续径直往前，于是，他用手重重地拽了一下乔布朗的衣袖。

沙池的背影消失了，乔布朗眼前出现了邮局柜台和游客的背影。

19

乔布朗以一票之胜，当选了学校文学社社长。乔布朗因此而喜出望外，并非是赢了郎涯的缘故。他视郎涯为兄弟，况且，郎涯的才气让他心服口服，他甚至认为郎涯的才气胜于自己。

“主要女生投票多，你长相有优势。”公布竞选结果后，焦书桓阴阳怪气地对乔布朗说。

乔布朗捋一捋刘海，没有说话，但他心里面不反对焦书桓的话。

文学社成立后的第一件事，是招募社员。乔布朗拟好公告词，去沙池老师办公室，老师说，很好，就那样发出去吧！

同学很踊跃地报名。

“怎么那么多女生报名？”焦书桓看着乔布朗手里的报名表，讪讪地问。

“我怎么知道？！”乔布朗没好气的地回敬道，想就此打住焦书桓。

乔布朗仔细地一页一页浏览。他把挑选出来的同学信息，统一整理归纳到一张表格上，表格内容包括了姓名、性别、班级、代表作品、获奖情况。

三月初的一个早晨，太阳早早露出了亮光光的脸，但天气还是冷的。

乔布朗和其他男生一样，一过立春，就迫不及待地脱掉身上的冬装，换成春天的装束，他们都不喜欢多穿衣裤，仿佛多穿一件衣服，多穿一条裤子，就有损男生的尊严了。无论天寒地冻，乍暖还寒时候，他们都不会允许自己穿得臃肿。依他们自己的标准着装，往往是别人看他们穿得冻，家长看他们穿得疼，他们看自己穿得酷，他们宁要风度而不要温度，即使冻得抖抖的似乎也是适宜。

乔布朗的嘴唇有些发紫，看上去像是刚喝过蓝莓汁，忘了擦嘴。他坐在教室里郑重其事地想，文学社工作规划如何汇报的问题。

早自修下课，乔布朗去办公室找沙池老师。

办公室朝南，太阳光普照到所有桌子上。乔布朗等了片刻，沙池进来了。

“沙老师，这是文学社人员名单和工作计划。”乔布朗把整理好的表格，以及设想的工作计划，一起递给沙池。

“好，做得很仔细。”沙池接过名单和工作计划，从头至尾过目后，对乔布朗称赞道，随后，她拉开椅子坐下了。

“你准备什么时候召集大家开会。”沙池接着问乔布朗，顺手将桌上两摞作业本垒起来。

“嗯，我就是想来问，沙老师你哪一天有时间？”乔布朗说话的时候，整个人冻得不由自主地哆嗦，虽然他尽量控制着抖动，但还是不能完全掩饰住。

“明天下午教研组活动，其它时间，你们确定好，通知我就可以。”沙池微微抬起头，微笑着跟乔布朗说道。

“谢谢沙老师。”乔布朗哆嗦着说道。

“要多穿一些，现在天气还是有些寒冷的。”沙池关心地对乔布朗说。她看见乔布朗冻得抖抖索索，说话的声音听起来像是卡带了一样。

“不冷。老师，没其它什么事的话，那我走了。”乔布朗下意识的挺了挺背。

沙池点头微笑的时候，乔布朗走出了办公室。

“跟老师汇报过啦？”乔布朗刚坐下，焦书桓就迫不及待地问他。

“嗯。今天还真是有点冷喔。”乔布朗屁股一碰到凳子，人就完全松懈下来，冷得梆梆地缩成一团。他在焦书桓旁边，任由自己身体瑟瑟发抖，无所顾忌。

“文学社女生多还是男生多？”焦书桓对最后入选的结果有些好奇心，他知道，文学社报名的女生远远多过男生。

“我除外，男生和女生一半对一半。”乔布朗回答的语速很快，他明白焦书桓的言下之意。

“让我看看。”焦书桓不等乔布朗表态，就从他手里拿过纸，认真地浏览起来。

“星期三，社团活动日。活动内容是文学作品阅读、作品讲析、写作练习……”焦书桓边看边念叨。

“嗨，参加文学社团还要写作文，这是自寻烦恼啊！”焦书桓想不明白，加入文学社有什么乐趣，但他坚持认为，部分女生是冲着乔布朗才报名参加的。

“其它社团也已经开始招人。”乔布朗看看焦书桓，想对他说，你爱来不来吧。但只见焦书桓依然盯着文学社工作计划，乔布朗看焦书桓一反常态地专注，竟有点迷茫起来。他不自信地想，是不是有地方出错了。

20

“我们走吧，让他留在这里发痴。”焦书桓跟王一敏他们说，用手指指后面的乔布朗，他说这句话时的感觉很爽。

“我们走吧。”郎涯看见乔布朗几乎没有移动过，两条腿像钉子一样死死地扎在原地，一动不动，所以，郎涯也好奇地想捉弄他一下。

“那我们走吧。”王一敏故意提高分贝说，但他看见乔布朗根本没有注意到他们的举动，也有点想豁出去不管他了。

几个男生说着话，便坚定地迈开双脚，大踏步朝门口走过去。

“乔布朗，走吧！”廖一蕾转过身来，走到乔布朗边上，跟乔布朗说。她觉得自己跟着那几个男生“同流合污”，那样做不太好。

"噢。"乔布朗像在梦里被惊吓到了，但他很快反应过来，随着廖一蕾一起走出去。

乔布朗在邮局里的时候，确实跟焦书桓说的那样，他在发痴，不知道发什么痴。他站在那里，什么也没有想。他眼里看见的，什么也没有往心里放。他的心仿佛轻轻地飘着，不知今夕是何年的感觉。他仿佛看见飘飘洒洒地落下了一地白雪。

走出邮局，王一敏他们一行人又踏上了青石板路。他们从阴凉的室内，没有过度，就直接进入到太阳光强烈的街上。

乔布朗又拿出面巾纸，擦了擦额头上的汗。他想起文学社第一次活动，也是在一个骄阳似火的夏天。

文学社的同学在湖边，发现湖里有许多小鱼小虾。女生欢快地尖叫起来，蹦跳起来。男生在女生兴奋劲儿的鼓舞下，索性动手行动。没有钓鱼竿，他们无法垂钓大鱼，但小鱼小虾还是可以试试的。于是，他们挽起裤脚，在确保不掉进湖里的前提下，尽可能地靠近水面，靠近小鱼小虾出没的地方，然后，他们拼眼力和手力的速度，用手去兜那些可爱的小生物。男生在女生面前，往往比他们在同性面前更有行动力。

“喔，抓到了，抓到了。”乔布朗一下子抓住了两条小鱼，兴奋地大叫起来。几个女生迅速围过来。

“快找个东西把它们装起来。”女生急切地说，看样子很想把小生物带回去养起来。

“没东西装啊，哦，塑料袋可不可以啊？”另一个女生说着，从书包里拿出一个塑料袋。

“拿过来试试吧！”乔布朗让同学往袋子装些水，然后，他再把两条小鱼放进塑料袋里。

“漏水啦！”女生忽然叫喊起来。

“谁有矿泉水瓶子？”乔布朗问，周围人都一脸遗憾地摇摇头，算是回答了。

“乔布朗，你看沙池老师手里有矿泉水。”一个男生叫起来，显然他对这一发现很激动，仿佛已经立下了功劳。

他们正说着，沙池已经来到他们这边了。

“沙老师，这儿有很多小鱼小虾。”女生兴高采烈地报告沙池。

“乔布朗一下抓到了两条小鱼。”又一女生立即补充道。

“我看看。”沙池心怀好奇地笑着对那两个女生说。

“我们没找到放鱼的东西，鱼还在乔布朗手里。”男生笑呵呵地对沙池说道。

“这矿泉水瓶子可以放么？”沙池摇摇手里的瓶子，示意他们。

“可以，可以。”几个人异口同声地说道，几乎同时，沙池将瓶子里的水已经全部倒掉了。

男生接过瓶子飞快跑去湖边，将瓶子灌满水，又飞快跑回来，将瓶子递给乔布朗。

乔布朗把握着两条小鱼的手，对准瓶口，然后微微松开手指，让小鱼像乘坐滑梯那样，从瓶口滑入瓶内。只见小鱼一碰到水，便跌跌绊绊地往里面冲，急急忙忙地游动起来了，那样子就像尾巴和身子脱了节一样，也许刚才在乔布朗手里呆得缺氧了。

看见小鱼游动起来的样子，大家都高兴地笑了。乔布朗忽然发现，老师笑颜如花，灿烂得跟小女生一样开心，一样天真无邪。因为是老师，所以，乔布朗觉得沙池笑得更是可爱。原来老师也有这份童心啊，乔布朗对自己的发现有些惊喜。

可是，这个学期以来，乔布朗没有看见过沙池老师像以前那样，开怀的甚至天真的笑。他觉得沙池有些不一样了，他说不清楚，不一样的是什么。

“江南，你下午准备唱谁的歌？”焦书桓转过身，大声问江南。

“嗯，我还没有最后确定，喜欢的歌太多了，好听的歌也太多了，每人唱一首歌很难挑选啦！”江南大声应答着焦书桓，马尾辫一动一动的。

乔布朗仿佛从焦书桓和江南的对话中苏醒过来，一下子神志回复到影视街上。

第四章 唱一首歌

爱情是信仰吗？如果是信仰，为什么会改变。如果爱情不是信仰，为什么又让人念念不忘。

1

客厅里空无一人，大家各自在自己房间里开始悄悄忙碌。

乔布朗和郎涯的房间是最安静的，他们躺在床上，翘着二郎腿，谁都不说话，可谁都没有闲着。

郎涯从一大早起，似乎，他的魂就没有在这个集体里。几天前的一个晚上，他和肖妹在影视街约会的情景，仿佛一张创可贴，把他整个脑子贴得一点缝隙都没有。他一点都不嫌麻烦，就连约会时，一些细节末梢的小情况，他都不厌其烦地回味了好几遍。他没有花一丁点儿心思去考虑下午演唱会的事情。他早就决定了，演唱会的时候，选唱一首现场没有人表演过的歌就 OK 了。

郎涯不在意自己演唱会的表现，但是，乔布朗就不一样了。

乔布朗正在想着下午演唱会的事情。选哪一首歌呢，歌曲的歌词表达什么，歌曲的曲调怎么样才合适呢？还有，自己以什么样的形象上场，如果演唱效果很棒该说些什么，如果万一演唱效果不理想该怎么表现呢？

乔布朗散开翘着的二郎腿，坐起身，转身下床。他打开房间的门，头也不回地把房门带上，人敏捷地闪出去了。

焦书桓正路过乔布朗他们房间，差一点就跟他撞上了。焦书桓梦游似的，像是没有看到乔布朗，仿佛只是走路时绕过一张沙发，绕过一张桌子那样，往空间大的一边晃了晃身体，然后绕过乔布朗，径直往前走去。

“没人跟你抢！你梦游呐？”乔布朗对焦书桓说话的同时，放慢了脚步，只见焦书桓已经拐进了洗手间。

屋里洗手间一共有两个。入住那天说好了，靠屋子里边的一间，属于女生用，另一间归男生用。所以，即使另一间空着，乔布朗也不会进入的。

“嗨，乔布朗，你下午唱什么歌？”焦书桓步履轻松地从洗手间出来，喜气洋洋地问乔布朗。

“你帮我想想。”乔布朗应付着回答了一句，与焦书桓擦肩而过，快步进入洗手间。

乔布朗关上洗手间房门，站在镜子前打量了一下自己，立即给自己一个好评。

片刻后，乔布朗拉上裤子前面的拉链，双手提了提裤腰，仿佛在对付一条笔挺的西裤，无意间的内心独白是，没有最挺拔，只有更挺拔。然后，他又回到镜子面前，稳妥地站立了一会儿，捋了捋刘海，又对镜子端详起来。

他拧开水龙头，俯下头，摊开手掌，用水洗了脸。他直起身体的时候，右手从额头往下巴，重重地连续抹了几下，脸上的水珠子，噼噼啪啪地掉下来，面部一下子清爽了。

乔布朗又挺了挺身体，从不锈钢杆子上取过自己用的毛巾，把脸和手彻底擦干了。

乔布朗往自己的房间走过去，听到王一敏和焦书桓房间里传出朗朗的笑声，乔布朗不自禁地微笑了一下。

2

“江南，演唱会我们要不要换一换形象啊？”廖一蕾双眼微微地眯着，带着梦幻般的表情，声音软软的，慢慢地问江南，她不想直接说出打扮或者化妆一类的词。她的上半个身体靠在被子上，懒懒散散的样子。

“你已经足够漂亮啦！”江南漫不经心地说道。她感觉有些疲倦，因为上午早起又游览了影视街，一路上说了很多的话，一路上精神都比较亢奋。

“我帮你把马尾辫改成两条辫子吧！”廖一蕾侧过身体，伸直了一条腿。

“穿什么呢？”江南想象自己改变发型后的样子。

“不想穿校服。老师说过可以穿自己衣服的。”廖一蕾嘟哝着，她已经悄悄跟江南抱怨过好多次了。她说，适合任何身材穿的衣服，会好看到哪里去啊，而且款式和颜色都很土嘛。

“那我穿——大红色的连衣裙，好不好？”江南的双眼像闪电一样，一下子出现两道亮光。她的话音未落，人已经连滚带爬地下了床，然后奔向衣橱。

“你醒过来啦？”廖一蕾呵呵地笑起来。

“快别赖床上啦，我们开始行动吧！”江南对着衣橱跟廖一蕾说话。

“好吧。”廖一蕾说着，也从床上落地了。

“你看，这是什么！”廖一蕾从拉杆箱里拿出一个化妆包，走到江南面前。

“你想化妆？”江南的双眼像激光笔一样，点住化妆包里的东西。

“这些是我妈妈上次从美国回来，在机场免税商场买的。”廖一蕾说着，从包里拿出一支眉笔。

“江南，你坐桌前，我来给你化妆。”廖一蕾待江南坐稳当后，便认真端详起江南来。

江南的眉毛长长的，轻轻地弯着，宛若春天里垂挂的柳枝，不粗不细，不浓不淡。廖一蕾心想，眉毛不用画也很好看呀，眉笔用不上了。

江南的眼睛也是长长的，但并不小，似乎也没什么要画的。廖一蕾翻了翻化妆包，拿着眼影粉，但她觉得似乎涂眼影不合适，于是，她又挑出一支睫毛膏，拧开盖子，抽出细长的刷子，然后往江南睫毛上刷。一分钟后，江南的眼睛变得更明亮了。

“哎呀，你长得真好看。”廖一蕾感觉自己就是一位化妆大师，很有成就感。她把镜子递给了江南。

“你会更好看啊！”江南看见镜子里的自己，感到新鲜和高兴。她想，只是刷了刷睫毛，就那么好看了，自我感觉极度膨胀，但她嘴上却难能可贵地克制了。

“我们要不要涂口红啊？”廖一蕾接过江南手里的镜子，问道。她看见江南的嘴唇是红色的，再看看镜子里自己的嘴唇也是红色的，担心涂上口红会太夸张了。

“不用了吧？”江南慢慢地说，仿佛有许多舍不得。

“好吧。”廖一蕾一边说，一边对着镜子看，自己的眉毛比江南粗一点，短一点，眉梢微微向上，基本和眼睛平行，眼睛大而圆，廖一蕾不露声色地快速欣赏了一下自己，心想，也刷一下睫毛就行了吧。于是，她拿出眉刷，几下就把睫毛刷好了。

廖一蕾走到衣橱前，拉开门，取出一件粉色短袖上衣，一条大红色和粉色搭配的格子短裙。她转过身时，江南已经开始换装了。

廖一蕾比江南害羞一些，因为和江南上下铺，所以，和江南一起换衣服似乎没有太大顾虑，可以不避讳的。她们脱了校服，只剩下文胸和内裤，然后，换上自己的服装。

江南大大方方地看了一眼廖一蕾，目光不带一丝邪念和猥琐，当然，她可以把廖一蕾当作平时在寝室那样，虽然空间不避讳了，而只是目光回避一下。可江南觉得没什么不好意思，很自然地不在乎这些，甚至觉得特意回避有些见外。

一会儿工夫，她们换好了装。

江南扎两条黑黝黝的辫子，辫子编得滑溜溜的，长过肩膀，辫梢停在腰部上方。廖一蕾也扎两条辫子，并不编起来，散散地垂挂在胸前。

当她们打开房门，来到客厅的时候，她们从男生的目光里，高兴地知道她们好看。

3

手机闹铃把沙池叫醒了，可她没有马上起床。这个时候，她多么想就那样赖在床上，身体不动弹，脑子不运转。

还可以躺二十分钟，她看了看手机上的时间。或许她有预感，所以，设定手机叫醒时，把时间往前提了。

是小溪，还是河流在流淌，已经区分不清楚，仿佛小溪与河流融为一体，时而溪水淙淙，时而河水荡漾。沙池身体的某个地方，宛若小溪宛若河流。溪水流过之处，潮湿润滑。河水流过之处，似乎有一块精巧且美丽的鹅卵石，雀跃而出。

流动的感觉是充实的，仿佛看得见摸得着，它与流动之前，接二连三的空洞和抽搐，正好相反。沙池知道，水流过的地方，会留下或深或浅的痕迹。她不用手摸，已经知道有情况发生。

沙池想侧身起床，可身体仿佛放在砧板上发酵的面团，柔软的紧密的粘在原处，似乎有溪水流过溪口。

五分钟内，一定起床，沙池给自己下了最后的通牒。

沙池起身时，尽量避免将身体的重心落到整个屁股。她侧过身体，几乎悬空着着地。站妥后，她撩开被子看了看，果然，鲜红的颜色留在了床单上，不过，没有星罗棋布，只是一小块地方有痕迹。

沙池把床单取下来，去洗手间洗掉了床单上的印迹，然后联系服务员换床单。

演唱会虽然在下午三点钟开始，可时间还是有些紧张。

上午穿过的衣服，隐约可见汗迹，沙池觉得下午根本就不能再穿它了。

自从来到学校当老师之后，只要上班，沙池都化淡妆，这似乎已经成为她工作内容之一。她不像少数女老师那样，不注意打扮自己，甚至衣着邋遢，她也不像有的女老师那样，化比较浓的妆，衣着方面跟职业不十分协调。

沙池换了一件套装，深咖啡一色裙子，浅咖啡和灰色交错的上衣，衣服的图案朦胧，线条流畅，似水似风似云似雾。

衣服的颜色似乎有些偏老气，但沙池喜欢那花样，花是飘逸的，色彩是柔和的。

她以前有过一条朦胧花色的裙子，玫红色与鹅黄色搭配的花样。他的手第一次碰到她臀部的位置，她穿的就是这样一条印着华丽图案的裙子。

沙池有过很多裙子，大部分喜欢的裙子她都记得，那些裙子，它们仿佛有了生命，千姿百媚，一直鲜活地在她的记忆里。她常常从记得的裙子，想起当时的自己，想起一些人，想起一些事情。

有一年，他从美国考察交流回来，带给她裙子，裙子的花样，很像她喜欢的那条玫红加鹅黄色的裙子。后来，沙池没有再穿它。再后来，社区搞送温暖献爱心活动的时候，沙池就把裙子捐给了社区。

浴缸从一开始就没有用过，他们都认为打扫起来比较麻烦。淋浴后，他们先后来到同一张床上，他们在床上释放着集聚了一个月的能量。

那一次，他的手在玫红色与鹅黄色搭配的朦胧图案上磨蹭，开始是漫无方向的，仿佛迷路的人，四面八方寻找路标。渐渐地，手的方向仿佛不再无边无际，而有了一个明确的目标，然后停在那里，仿佛猎人堵在猎物出没的洞穴门口。

沙池忽然有了拉掉警戒线，接受他的念头，有了不管不顾的念头。

半个月之后，沙池和他订了婚。半年之后，沙池和他结了婚。

4

沙池在摄影展与他不期而遇，大约一个星期之后，在学校门口，沙池见到了他。

“想来看看你。”他表情复杂的笑着对沙池说。

沙池很惊讶，他的到来完全出乎意料。那天，从摄影展厅出来，他说应该致歉，沙池以为那是句客套话。

沙池接到他电话的时候，他说已经在学校门口了。

他的打扮，看上去就像学校里的学长，外表上看，分辨不出他是已经工作的人。

“你好。”沙池红着脸说，不知道后面该说些什么。

“今天专程来学校看你，向你表示歉意。”他看着沙池，认真地说道。

“没关系啦，不用特意为那件小事过来的。”沙池笑着回应道，她心里怔了一下，被他的郑重其事怔了一下。

“那天，我太马虎了。”他态度很诚恳。

“学校很漂亮，我第一次来。”没等沙池说话，他紧接着夸起学校来。

“是的。”沙池微笑着说，她也喜欢学校，所以，对他的夸赞，沙池有英雄所见略同的感觉。

“可以参观一下学校吗？”他看着沙池说，仿佛跟沙池是很熟悉的朋友。

穿衬衣的季节，气候是最惬意的。太阳从一边渐渐落下去，天边泛着金红色的光。

沙池和他并排着走，他像熟人那样跟她说话，沙池却显得有些尴尬，她希望一路上不会遇见认识的人。为了避免碰巧遇上的同学产生误会，沙池始终与他保持着四十五公分以上的距离。

“能在这样的校园里读书，一定是很幸运的人。”他的目光朝着远处金红色的光芒望去，与远处的光芒一样明亮。

“是啊。”沙池非常认同他的话。

“你看，天边的晚霞多好看啊。学农的时候，这个时间正是炊烟袅袅的时候，到处可以闻到柴火的清香。”他停顿了一下，回过头看着沙池。

“是啊，你也喜欢？”沙池眼前瞬间出现了学农的场景，似乎又身临其境了，可见他说的话，很有感染力。

“噢，学校几点钟晚饭？”他关切地问沙池，仿佛穿越时空刚回来。

“差不多了吧，应该是五点钟开始。”沙池跟着问话回到了眼前。

“我们一起吃饭吧！”他满脸恳切的表情，看着沙池。

沙池欲言又止，她似乎不能马上确定，能否与面前这个人一起晚餐。刚才一路看学校风光，一路聊天，已经像个熟人或朋友，而此刻，沙池又告诉自己，他只是看展览时偶遇的人。

“走吧，别考虑了，我都来了，你本来也该吃晚饭的吧！”他的话一口气说完，让沙池没有机会插入。

“你太客气了。”沙池客气地说，她不知道什么缘故，心里面总是提醒自己，他是个擦肩而过的陌生人，并且她似乎不想改变这样的认知。

“走吧，我们在学校附近找个餐厅吧！”他坚持着邀请，最后沙池不得不接受邀请。

5

人们说及大自然的时候，基本上都会情不自禁地，赋予大自然美好和浪漫的色彩。

然而，回到现实生活中，假如即将一起生活的人，所展示的，与大自然的紧密关系，主要是旷野或山岭，原生态的交通，与大自然贴近的房屋，如此如此，如此的接近自然，仅此而已，那么，还会有多少人，依然觉得浪漫和美好呢?

几乎用上了所有类型的交通工具，飞机、火车、汽车，还有拖拉机，沙池跟随他来到了他的家乡。

空气是清新的，没有雾霾，没有沙尘暴。视野里，色彩斑斓。各种树木、植物、庄稼、交错而落，绘成一片片的绿色、黄色、红色、紫色，画一样的好看。

沙池喜欢的，似乎也只是这一些了。而那里的衣食住行，让沙池开了眼界，远远超出沙池的想象，即使她预想过，什么是穷乡僻壤，现实状况，依然出乎料想。

“将就一下吧！”他小声地对坐立不安的沙池说道。

“我们明天去县城住吧，或者回去吧，太不习惯了。”

沙池已经担心不过来，房间里，有没有虫在哪个地方蠕动，会不会有老鼠突然出没，是否有虱子在哪个角落狂欢……她觉得自己也是一只跳蚤，一刻都没法安心。

“好吧，如果你实在不喜欢这里的话。”他轻声地说。

“是不习惯。明天返程可以吗？”沙池一分钟也呆不下去。

“嗯。”这件事情就这样定下来了，其实，他在大城市里读书，已经离开家乡很多年，也不习惯农村生活了，每年过年回家一趟，也只是短时间的停留。

不知道是什么动物的叫声，或许是家禽发出的鼾声，或许是有昆虫约会。在这伸手不见五指的黑暗里，那些令沙池神经紧绷的声音，此起彼伏，久久萦绕在夜色的四面八方。

沙池躲进他的怀里，却仍然无法入睡。仿佛过了一个世纪，光怪陆离的声音，让她从对峙中败下阵来，她终于昏睡过去。

似乎只过了一个瞬间，村落里，公鸡憋了一夜的歌声，早早敲响了沙池睡梦的门。

他仍然睡意蒙眬。他把熟睡时松开的沙池，又紧紧搂回自己怀里，继续沉醉于他的梦乡。

室外，终于有了人的动静，大概比公鸡打鸣晚不了多久。有了人的动静，意味着，离起床的时间更近了。起床时间更近，意味着，离开这里的时间更近了。

沙池只感到四肢无力，有些头晕目眩，几乎虚脱了。因为，白天一路辗转颠簸，来到目的地之后，一直担惊受怕着，与各种生物不能和谐共处，又整晚未能休息安宁。而他，毕竟是在这里土生土长的，适应环境比她快得多。

新糊的窗纸，渗进了早晨的太阳。

沙池准备起床。她从他的臂弯里绕出来，坐了起来。她要比他先起床，她不要自己整个人都睡在硬板床上。

“要起床啦？”他睡眼惺忪地跟沙池说话。

“睡不住了。”沙池无奈地说。

“真方便，呵呵。”他随即坐起来，看着沙池，看她把能罩住的地方都罩起来了，禁不住笑出声来。他帮沙池穿上了外套。

“来这里，算是订婚的流程走过了，见过长辈了。没办法，农村里就是这样的。”他把沙池抱过去，在她耳边说。

中午时分，沙池跟随他，向他家人道别。

太阳垂直地照到地面上，照耀在正慢步的鸡鸭脊背上，照进猪圈，照着河塘的水面，照着偶尔探出水面的鱼脸。

6

王一敏与廖一蕾，两个人的目光碰在一起，王一敏笑了，廖一蕾也笑了，不过，廖一蕾笑得比王一敏含蓄。

“都快认不出你们两个人了，这么漂亮。”王一敏难得打头阵，公开夸赞女生。

“嘿嘿。”焦书桓笑的时候，脸上绽放了从未有过的羞涩，顿然脸红起来。

“江南，没见过你梳两条辫子。你们肯定是今天演唱会的明星了。”焦书桓接过夸女生的话题，看着从房间里走出来的，正朝他们面前走过来的江南和廖一蕾。

“呵呵，我上学之前，梳八条辫子呢！”江南兴高采烈地说道。

窗外，有来往路过的同学。室内，片刻安静，一张张笑颜如花的，青春的脸庞，仿佛盛开的花朵。世间，在这一刻无限和谐与美好，仿佛客厅里的每一个人，都在享受这片刻的安静的喜悦。

“我们去看看演唱会场地吧！”王一敏看了看时间，对大家说。

“走啦走啦！”焦书桓说话间，就开始挪动脚步了。

“走喽，我们去听班长唱歌喽！”郎涯起哄似的说道。

“郎涯，你准备好了吧，唱什么歌？”王一敏侧过头问道。

“我就唱大家没唱的，一会儿把我安排在最后一个吧！”郎涯满含笑意地说道。

“你是说，你压轴？”王一敏的脚步停顿了一个节拍，与郎涯并排走着。停顿的那个节拍，就像军训齐步走的时候，发现自己的脚步，与周围人的脚步交错开了，就要果断停下一拍，或者在一拍里并出两拍的节奏，然后，左右左，左左右或者右右左，那样，就可以步调一致了。

“看来，郎涯的唱功突飞猛进了。”焦书桓在他们身后说话。其他人都哈哈地笑起来，笑得非常轻盈和开心。

“哈哈哈。”郎涯也笑，在唱歌这件事情上，郎涯无所谓被娱乐。

一行人一边说笑着，很快就来到了活动地点。

7

演唱会的场地刚布置好，服务员正陆续离开。

会议厅前排的桌子往后面移动了三排。讲台上方，三条五颜六色的绚丽彩带，经过同一个汇聚的焦点，拉成六条对角线，弯弯的，微微的垂下，仿佛六个微笑，摆在空中造型。

讲台上，两个立式麦克风，像一双巨大的筷子，放在讲台中央。讲台桌挪到了一侧，上面放着投影，讲台背景墙前面，挂着张开的投影屏幕。

“好紧张，要上台去唱啊？”刚一进门，江南就使劲抱着廖一蕾的一只胳膊叫起来。

“不用害怕，有我压轴唱。”郎涯对江南说。

“应该江南开场唱一首，最后压台唱一首。”焦书桓不同意郎涯的说法，他觉得理所应当是唱最好的人在最后唱。

“这又不是春晚，非要最重量级的歌手，最后登场。”郎涯对焦书桓的说法不以为然。

“这舞台布置的架势，怎么说也是小春晚啊，至少是学校的春晚，是夏令营的春晚。”焦书桓情绪有点激动地说。

“班长开场，副班长压轴。”江南说着，看了看王一敏和廖一蕾的反应。

“中间演唱的人怎么排呢？”乔布朗接着江南的话说。

“我开场可以，后面大家自愿上台吧。”王一敏想了想，然后语气肯定地说道。

“赞成。”乔布朗点头附和。

“沙老师好！”焦书桓看见沙池正走近他们。

“沙老师好！”其他人异口同声地说道，他们突然看见了老师，一下子安静下来，又有些局促。

“沙老师，我们正在商量演唱的顺序。”王一敏笑着对老师说道。

“好。就按照你们商量好的做吧！”沙池点点头，笑着对王一敏说。

“我过去看一下。王一敏，先记下选好的歌名，提前交给音控的人。”沙池说着，朝讲台方向走过去。

“知道了。”王一敏对沙池说。

“快，谁有纸和笔？”看着沙池走近台前，王一敏转过脸，没有目标地问大家。

“给。”郎涯从裤袋里掏出笔和纸，递给王一敏。

“我们来记吧！”江南看着廖一蕾，回应着王一敏。

“乔布朗、焦书桓，你们去门口，让进来的同学先过来告诉歌名！”王一敏加快了语速。

“我还是在这里吧，或许要维护一下秩序。”焦书桓跟王一敏说。

“郎涯，你和乔布朗去门口吧！”王一敏说罢，拍一下郎涯的肩膀。

“乔布朗，你提前十分钟回这里来，我们按照说好的方案做，一起上台。”王一敏随即叮嘱乔布朗。

“知道。别担心。”乔布朗捋一捋头发，和郎涯一起向门口走去。

8

会议厅的遮光窗帘全部拉起来了，室内几乎完全与外界隔离，增添了演唱会的神秘感。

室外有正午的太阳，还是有下午的夕阳，似乎与室内没有任何关系。空调恒定在二十三度，室外是烈日炎炎，还是寒冬腊月，似乎与室内没有任何关系。

多功能讲台，已经转换成舞台的样式，台上的灯光亮起来了。四位主持人，光鲜亮丽地走上舞台。这是一次每个人都要参与的活动，没有集体排练，就连主持人的台词，也需要即兴发挥。

编两条辫子的江南，从一侧走上舞台，乔布朗的后背，挡住了她的视线，她看不见乔布朗前面的廖一蕾，等她身后的王一敏也走到了台上时，他们四个人一齐向右转，面向观众。

他们的转身亮相很整齐，尽管没有排练过，这也一点都不奇怪，因为，走在最后面的王一敏，轻轻地喊了口令。

他们的亮相可谓惊艳得养眼，台下的同学羡慕不已。王一敏说了一句开场的话，接着，其他三人依次说了一句，他们非常默契，就像排练过一样。

令台下的同学更为惊讶的是，第一个登台表演的，竟然是老师。

在学生的掌声里，沙池站到了麦克风前。她取下一个话筒，在音乐中，移动着脚步，走到了屏幕前。

“那些笑声让我想起我的那些花儿，在我生命每个角落静静为我开着……”朴树的《那些花儿》，是从老师的发声中传出来的。

台下的学生，只熟悉老师讲课的声音，却都是第一次听到老师的歌声。

“好听啊！”学生们在心里赞叹，有轻轻低语的。他们对老师的歌声，感到新鲜和好奇。而后，他们鸦雀无声地听老师唱。老师的歌，似乎已经把学生带入了演唱的氛围。

“老师美好的歌声，让我们的演唱会有了一个好的开始。”王一敏从沙池手里接过话筒流利地说道。

“接下来，我为大家演唱一首《生命中的精灵》，是李宗盛创作的歌曲。不过，请你们不要拿我和李宗盛比较。拜托拜托。”王一敏想让大家更放松起来，他说话的时候，一只手握住另一只拿着麦克风的手，向台下的同学，行了一个大礼。

王一敏的这一举动，立即与台下的同学形成呼应。一些听老师唱歌时，很文艺的坐姿，在笑声的掩护下，神不知鬼不觉地，在瞬间，就变换成娱乐坐姿了。

“你是我生命中的精灵 / 你知道我所有的心情 / 是你将我从梦中叫醒……”王一敏的第一句歌声，通过麦克风，飘向前方，立即赢得同学们的一片掌声，以至于很多人都没有听清楚，第二句歌词是什么。不过，他们已经投入到演唱会中，十分钟之前还担心上场的同学，已经忘记了害怕。因为，他们听到麦克风里传出来的，王一敏的歌声，与伴奏音乐正在各忙各的。

同学们乐开了怀，连续给了王一敏两大波掌声。而王一敏巍然屹立在舞台中央，认真地演唱《生命中的精灵》。

在歌曲尾声的音乐伴奏中，王一敏又一次给同学们行了一个大礼，然后把话筒交给跑步过来的乔布朗。

乔布朗跑步的样子，嘘倒了台下一片同学，他是众所周知的，学校著名的，长跑常胜冠军。

王一敏回到后台，看见乐不可支的廖一蕾和江南，又向她们行了一个大礼。

"听过了重量级的男生演唱，接下来，我们有请重量级的女声演唱。后面的演唱，请大家看屏幕上的歌名，谁点的歌，谁快速上台演唱。要求跑步上台。"乔布朗说话的时候，站姿挺拔，台下的同学听到最后一句，开始有话了。

"是啊，不跑步上台，会让大家等很久的。"女生很通情达理。

"幸好我们坐前面，否则从后面一路跑上去，会很不好意思的。"女生总是会腼腆。

跑步快一些的，长得帅一些的男生，似乎并不纠结跑步的问题，甚至，他们心里面，还希望能多跑上几步。

"男生可以跑得比我快，女生不必跑得比我快，如果能走得比我快更好。现在，我们请出江南同学演唱。"停顿了片刻，乔布朗提高了嗓音说道。

江南在同学们热烈的掌声中，快步走入舞台，接过乔布朗递过来的话筒，然后，她把话筒插入立式麦克风的话筒架上。在音乐声中，她双手合十，身体和头部，缓缓地随着音乐的节奏摆动。

9

焦书桓满腹心事地坐在前排。

“嘿，沉默不语，郁郁寡欢的样子，这不像你啊！”郎涯忽然感觉到，坐在他身边的焦书桓有些异样，于是，他悄悄询问焦书桓。

焦书桓意识到郎涯在跟他说话，但他没有听进去郎涯说什么，依然沉浸在自己的心事里。

“喂，你没问题吧？”郎涯故意把前面一个字，拖了一个长音，又拍拍焦书桓的肩膀。

“嗯。”焦书桓回应道，但是没有下文了。

演唱会一开始，焦书桓和郎涯就担当起枢纽站的功能，他们坐在第一排，手里握着演唱同学的姓名和曲目，眼睛既要照顾屏幕上出现的歌曲名，又要关注台下即将演唱的同学的反应。如果，屏幕上已出现新的歌名，而台下没有同学跑步上台，他们就要作提示，这是他们两个人要做的事情。

“你说，喜欢一个人该怎么办。”焦书桓似乎文不对题的，轻声问了一句。

“说呗！”郎涯感到奇怪，焦书桓问的问题，也算是问题？他知道焦书桓喜欢江南。

“怎么说呢？”焦书桓说话的时候，目光停留在舞台上。

“你就说，我讨厌你。”郎涯觉得焦书桓的提问很白痴，所以故意讲反话，发泄一下耳朵的不爽。

“我是真的在问你。”焦书桓一反常态的郑重其事，显得郎涯是在自娱自乐。

“怎么能那样说呢，如果你喜欢江南，肯定是对她说，我喜欢她。”郎涯觉得无语，这似乎不需要太纠结的。

“你可以用你最擅长的方式说。我是写信的。”郎涯紧接着补充道。

“如果我说了，会不会被她笑话？”此时的焦书桓，与平时嘻嘻哈哈的焦书桓，判若两人。

“那就看你运气了。”郎涯笑着对焦书桓说道。

“你知道，我一直有一双隐形的翅膀，带我飞，给我希望，我终于看到，所有的梦想都开花……”江南娓娓动听的歌声，萦绕在整个大厅，显得无比温馨。

焦书桓此时想好了，即使被江南笑话，他也要在夏令营结束之前，把自己的想法告诉她。再开学就是高三了，功课一定会比较多，他希望自己能够考上一本大学，所以，高三还需要在学习上拼搏一下。

热烈的掌声，把焦书桓从纠结的情绪中拉出来，他看见江南正快步离开舞台，往后台走去。

“轮到我唱了，我得上台去了。”焦书桓对郎涯一边说着，一边匆匆离开了座位。

10

焦书桓和王一敏一样，都唱了李宗盛的歌，他唱的歌名叫《我是真的爱你》。

沙池坐最后一排，欣赏着学生们的歌声。她第一次听那么多学生唱歌，焦书桓唱歌，也是第一次听。

“曾经自己像浮萍一样无依 / 对爱情莫名的恐惧 / 但是天让我遇见你 / 我初次见你人群中独自美丽 / 你仿佛有一种魔力 / 那一刻我竟然无法言语 / 从此为爱受尽委屈不能再躲避 / 于是你成为我生命中最美的记忆。”焦书桓唱得非常投入，声情并茂。

沙池不知不觉被歌声带去很远。

“我是真的爱你。”他说。他说这句话的时候，沙池很惊讶，惊讶的不是这句话的内容，而是他说话时的状态。

临近放暑假了，他常常去学校看她，看望的理由信手拈来。学校附近的公园，来来往往的人，基本上都是散步和乘凉的人。

他停下脚步，在布满树枝的小径里，他说：我是真的爱你。沙池不是第一次听见他说。但沙池是第一次看见，他说的时候，眼睛里有亮晶晶的水雾，它们没有停稳，落下来了。

“我相信是真的。”第一次亲眼看见男人流泪，沙池慌了。

“带我去见你父母，好吗？”他的脸上仍然留着泪的痕迹。

“我先跟父母说吧。”停顿了片刻，沙池对他说。

沙池被他紧紧抱进怀里。他们身体分泌的汗味，混杂在湿热的空气中，而那一刻，似乎所有的一切，都是记忆的一部分。

“我送你回学校吧！我背你。”他说着，放开沙池，随即人就蹲了下去。

于是，他背着沙池在公园里走。

“放我下来吧。”快走出公园的时候，沙池在他耳边说道。

“快放我下来吧！”眼看就要出公园，而学校就在附近，沙池有些着急了。

他的耳朵像是塞了塞子似的，根本听不到沙池说话。沙池尝试作小小的挣扎，可是无济于事。他的两条胳膊，仿佛像螺帽那样，把沙池的腿拧在身上，拧得很紧。

无奈中，沙池仍在他背上。沙池的脸色彤红，在夜色的掩护下似乎安然了一些。他终于停在学校大门口，把沙池缓缓放下。然后，一直陪沙池走到宿舍楼门口。

这一天晚上，沙池往家里打电话的时候，告诉父母，自己有了男朋友。

11

舞台上，学生们一个一个轮流出场，演唱会的氛围温馨和喜悦。沙池下意识里感受到现场的气氛，而她的思绪并没有回到现场。

所谓瑞雪兆丰年这样的说法，用在H城，真是再妥当不过了。这个城市，往往在春节前夕，都会飘飘洒洒降下一场鹅毛大雪，仿佛洁白的雪，是旧一年与新一年的分界线。

“你怎么来这里了？”沙池从宿舍楼里跑下来，看见等在一楼门厅里的他，吃惊地说，因为他正在外地出差。

“你怎么进来的？”沙池忽然想起什么似的，好奇地问他。

“外面等了一会儿，正巧有同学来。”他觉得能进入门厅内，运气很好。

“春节要放好几天假，太久时间看不见你了，明天就要回老家过年，所以赶回来看你。手里的工作加个班就完成了。”他看着沙池的眼睛说道。两件外套挨在一起，他的外套带着室外的寒气，冰凉的。而沙池的外套是暖暖的，她刚在宿舍洗过澡，正准备洗澡后就上床，翻几页书，睡觉。

“不好意思，让你等了。”沙池歉意地说道，随即从他怀里出来，仿佛做了什么不该做的事情，她怕有进出的同学看见。

“要不要去宿舍坐一会儿。”沙池接着说的时候，知道自己是客气话，因为时间已经是晚上十点钟了，女生宿舍进去个男人是不妥当的。可是，一楼小厅里没有座椅，即使有，坐着也太冷了。

“不了。见到你就可以了。”他摸了摸沙池顺溜溜的长发。

“春节多吃点。”他接着把另一只手拎着的口袋，交给了沙池。

“谢谢，不过我不能增肥了。”沙池很自然地接过袋子。他经常买沙池喜欢的零食给她，他们之间已经不会见外。但沙池看得出来，他自己不是一个浪费的人。

他离开宿舍楼，走入寒冷的黑夜中。

沙池的心，剧烈地痛起来。

舞台上，廖一蕾正唱着王菲的歌《当时的月亮》。

是啊，看当时的月亮，谁能想到后来的月亮，后来的月亮会变成什么样呢？

那天的月亮，有没有什么特别的，沙池并不知道，她只知道地上的人影子，很黑，很长，跟着她很久，一直跟着到她家门口。

她就那样看着自己的影子，视野模糊地走了一段路。

沙池很后悔就那样离开了那个地方，为什么不弄清楚就离开，可是，她当时觉得一切都是明了的啊，她与那双眼睛，四目相对的瞬间，一切尽在不言之中了。

“谁能告诉我，哪一种信仰，能够让人念念不忘……”廖一蕾细腻甜美的歌声，穿越整个大厅，仿佛空气中没有任何阻隔。

是啊，哪一种信仰，能够让人念念不忘。爱情是信仰吗？如果是信仰，为什么会改变。如果爱情不是信仰，为什么又让人念念不忘。

沙池看着沉浸在歌声里的学生，内心无限感慨，青春容不得浪费啊！谁说只有青春是可以用来虚度的，因为年轻，因为有时间，那是谬误。沙池觉得正好相反，青春是最不该虚度的。

12

沙池做过一段时间的思想工作，那段时间，她觉得自己像一个指导员。

“农村里的人，生活习惯会很不一样的。”沙池的父母异口同声地对沙池说。

“他已经在城市读书和工作许多年，已经进化了。”沙池说话的时候，有意讲得轻松一些，想让父母放心。

沙池的母亲说，有些东西根深蒂固的，进化没那么快的。沙池的父亲向沙池描述了农村艰苦生活的种种场景。但这都没有让沙池望而却步。最后妥协的是沙池的父母，他们安慰自己说，无论如何，律师还是个不错的职业。

不久，他用行动，证明了律师是不错的职业。他的工作越来越有起色，挣的钱越来越多，工作也越来越忙。

此后的隔年，他第一次有机会因公事出国，无论沙池还是他自己都非常高兴。

双休日总会让人变得比平时慵懒，如果遇上雨天，更有慵懒的气氛了。

室外的雨声透过双层隔音玻璃，穿过薄薄的纱帘，再继续穿过厚实的布衣窗帘，来到了卧室，滴滴答答地缭绕在空中，仿佛弹奏一曲缠绵的情歌。

“出远门了，时间也不短，你要照顾好自己。”他侧过身，对枕着他手臂的沙池说道。

“放心吧！”沙池一边说着，一边将头贴近他身体。

幸福仿佛如此时此刻，有音乐，有温度，有体肤之亲，就会永恒下去了。

如果说，演唱会会跑出一匹黑马什么的，那么，这匹黑马或许就是郎涯了。

郎涯直着嗓子，在舞台上喊了一曲《北京北京》。虽然，他没有歌曲原唱的嗓音，但歌声里传染的情绪，也酷似有几份摇滚。他就那样随意地喊，声嘶力竭地喊，很原生态地喊：我在这里欢笑，我在这里哭泣……

选唱这首歌，符合郎涯最初的想法，他不需要其他同学的好嗓音，只要敢喊。事实也是如此，郎涯一曲摇滚，让现场有了互动，台下开始有一片喊声，我在这里欢笑，我在这里哭泣，仿佛他们的内心，真的藏了许多欢笑，许多哭泣。

乔布朗静静地站在舞台后台的一角，心情并不平静。他感觉自己刚才听老师唱歌的时候，肯定是满脸通红了，他安慰自己，心底的秘密不会被别人发现的，那时候，同学都陶醉在歌声里。

可是，乔布朗想把心底的秘密说出来。这个秘密经常缠绕他。怎么说呢，说了以后会发生什么情况，会被认作心理有问题，或者会被公布，受批评吗？他最担心的是被公之于众，且因此受到批评教育。但是，他依然有一种不甘心，不甘心将秘密埋葬在自己心底。他用小说、传记里的个别实例，来宽慰自己，喜爱一个人的感情，无论如何是善意的。

“我在这里祈祷，我在这里迷惘，我在这里寻找……”

郎涯右手握着话筒，两腿摆着夸张的跨步，一边唱，一边摇摆着上半身，理平头的脑袋，时不时晃动几下，仿佛露出了他平时藏着的，特立独行个性的尾巴。

在噼噼啪啪，此起彼伏，爆竹一样热闹的掌声中，乔布朗换下了郎涯。

一条白色的宽大棉布裤，一件白色T恤，有着长刘海的乔布朗，双手插在裤袋里，款款地走到立式麦克风前。

《青花瓷》的前奏悠悠响起，乔布朗并没改变姿势，双手依然放在裤袋里，只是身体有微微的，几乎不易察觉的摇曳，仿佛有清风吹过，他就是那一缕树枝，仿佛有雨落下，他就是那雨滴的轻波。

乔布朗在初三的时候，似乎脱胎换骨了。而初三之前的他，曾以拳脚功夫，在班级确立霸主地位。在争霸的征途中，实战是唯一说话的方式，乔爸乔妈也因此时常被老师召唤。后来，换了一位新班主任，乔布朗神奇地，竟以学习成绩和帅气，在班级里赢得霸主地位。

"他们的父母该有多么珍爱他们啊！"坐在最后一排的沙池，她看着站在舞台上演唱的乔布朗，情不自禁地想。她又一次感到自己是幸运的，班里的学生个个让人喜欢，即使那几个会淘气的学生，其实也有可赞之处的。

"我们什么时候要孩子？"他躺在沙池身边，看着屋顶若有所思地说。

“你想要孩子了？”沙池转过身，看着他的侧脸说道。

“有点想。”他转过身，看着沙池说。

“你决定吧。”沙池看着他一本正经的样子，笑了。

“现在。”他也笑了，他突然抱过沙池。话题没继续下去。

13

“你想好怎么说了吗？”郎涯回到焦书桓身边，坐下来。

“我得找到说的机会。”焦书桓回答着郎涯，他似乎比刚才有点头绪了。

“什么时候都是机会，难道你有那么胆小吗？”郎涯故意奚落焦书桓，有点恨铁不成钢的意思。

“你能帮我吗？”焦书桓看着郎涯的眼睛说道。

“怎么帮？”郎涯没有把视线移开。

“帮我写封信。”焦书桓想了片刻之后说。

“不合适吧，你的作文都在课堂里读过的。”郎涯态度诚恳的实话实说了。

“你还是应该自己去说，大不了被她拒绝了。再说，即使你被拒绝了，还可以再说。这叫锲而不舍，心诚则灵。”郎涯接着说了一大通鼓励的话。

“嗯。”焦书桓不再作声。

青花瓷，还在继续唱，乔布朗若隐若现的摇曳中，歌声越过前排，飘往会议厅的四面八方。

青花瓷的曲调，似乎比较符合乔布朗的心境，悠悠的，正如“冉冉檀香透过窗心事我了然”。

当乔布朗走向舞台后台的时候，他看见王一敏正朝他竖起大拇指，而他自己，仿佛也还在飘飘然，仍在与青花瓷缠绵。

事实上，与乔布朗缠绵的，不是青花瓷，而是怎么说出心中秘密，或许，晚上商议朗诵会，是一个机会。一想到这个时间点，乔布朗就开始陷入心神不宁的状态里。

如果话说出口，老师会怎么样呢？乔布朗反复猜测。只要老师不批评，应该就是默许他的感情继续存在。或者老师会说，等你长大以后再说，不过，老师肯定不会那样说的，那会怎么说呢？老师会不会说，她也喜欢我，如果老师说喜欢我，然后就会跟我说很多她的事情，我就能知道，她为什么看上去没有以前高兴了。如果被老师批评了，怎么办？嗯，如果老师生气了，那就向老师致歉。

14

“沙池，想拜托你一件事情。”暑假里，沙池接到初中女同学电话。

“说吧，你还有需要拜托别人的事情吗？”因为太熟悉，所以，沙池跟她说话都无遮无拦，交流也比较直接。

“见面说吧。我们约个时间。”她说了时间和地点。

“是什么神秘的事情？”沙池坐下来之后，笑嘻嘻地问她。服务员走过来，为沙池垫好餐巾。

“我想请你家律师帮忙。”她看着沙池说，长长的睫毛一动一动的，仿佛两把微型芭蕉扇，一下一下地给眼睛打扇，一边用服务员递过来的热毛巾擦手。

“谁欠你钱啦？”沙池并不觉得她会有什么大麻烦，端起右手边的柠檬水，喝了一口。

“我要离婚了。有些事情协议不妥，想咨询律师。”她说话的时候，仿佛关上了接种上去的长睫毛，看着自己餐盘内的一块烤鳕鱼，然后用西餐刀轻轻地切了一小块。

“那我打电话让他现在过来？”沙池看着她问道。

“不要吧，改天他在家的时候，我来看你，顺便咨询一下。”她说完，将叉子上的鳕鱼放进嘴里。

“那也行。”沙池说话的时候，服务员又递上一个精巧的餐盘。

“那谢谢你啦！”她笑起来，颧骨亮亮的。

“等你来啊！”沙池觉得仿佛刚谈完一件正事，这时才感觉到餐厅有背景音乐。

“好羡慕你，你一切都好。”她打开睫毛看着沙池说道。

“还好吧！”沙池笑着移开视线，她有点不忍心看对面两条睫毛，看过去像是眼帘上躺了两条毛毛虫似的。

“好就行。”她说着，向服务员招招手，示意买单。

15

郎涯和焦书桓感到轻松了许多，因为大部分同学都已经上台过了，演唱会任务圆满完成已是胜券在握。

“我一会儿就回来。”郎涯拍了拍焦书桓的肩膀，轻声对他说道。

“嗯。”焦书桓没问郎涯去哪里，心照不宣地以为他去洗手间。

郎涯离开座位，沿着大厅一侧，贴近墙，往前面走去。焦书桓看见郎涯路过大厅侧门，但并没有推门走出去，感到有些蹊跷。这个家伙，就会做些神出鬼没的事，焦书桓在心里自言自语叨叨，可他懒得去猜。

郎涯小心翼翼地快步走，而实际上，即使他用跳踢踏舞的脚步走路，也不会影响到演唱会的，因为演唱会现场的声音，会将他的脚步声淹没。

他很快到达了舞台后台。

“江南，我找你有事。”郎涯来到舞台后台，他看见江南正在和廖一蕾一起，观看同学演出，于是走到江南身边，轻声地跟她说道。

“噢。”江南回过头看见郎涯，随即跟着他走开去。

他们路过一些堆放在一边的乐器，来到后台深处，有微弱光亮的平地。

“什么事啊？”江南笑呵呵地问郎涯。

“有一件事，我考虑了一下，还是想告诉你。”郎涯很快地看了一眼江南，然后，他的视线移到自己脚背，停顿了一下说道。

“嗯。”江南对郎涯想说的话，完全没有方向，所以就等郎涯接着说。

“你不要介意啊，我是自作主张来跟你说的。”郎涯抬起头，笑着对江南说。

“嗯。”江南感觉，郎涯要说的事情似乎有些重要，这让江南对郎涯的话，增加了几份期待和迷惘。

“焦书桓一直很纠结，最近特别痛苦。我问他很久，他才说出缘由，他说喜欢班里一个女生。”郎涯看见江南的脸绯红起来，即使在光线比较弱的后台，也能看得出来。

“哦。”江南被这个意想不到的话题怔住了。

“我猜想是你。”郎涯紧接着说道，他看见江南愣在那儿。

“我走了，算是通报你了。”郎涯跟江南摆摆手，随后向观众席方向走去。

江南是有感觉的，焦书桓待她好，可此时被别人点明，心里还是很受震动。

“郎涯找你有什么事么？”江南回到廖一蕾他们那里的时候，乔布朗问江南。

“嗯。”江南红着脸，答非所问地回应了一下。

16

沙池刚到舞台后台门口，郎涯正从后台门口向观众席方向走。

“沙老师好。”郎涯礼貌地问好老师。

“好。郎涯，你跟我一起过去，商量一下明天上午的安排。”沙池叫住正要离开后台的郎涯。

“嗯。”郎涯转回身，跟着沙池，重新又回到后台。

“沙老师好。”廖一蕾看见老师走过来，王一敏和江南，随即异口同声地问好老师。他们几个人发出的声音，像拨浪鼓一样，敲在乔布朗的心脏上。

“朗诵会的事，你们商量过没有？”沙池看着王一敏，语气温和地问道。

“我们想演唱会结束马上商量。”王一敏笑着回答。

“尽可能让每一个同学都能参与，这次夏令营活动，你们几个人辛苦了。”沙池的目光到达了他们每个人。

“乔布朗，你协助王一敏把朗诵会组织好。郎涯、廖一蕾、江南，你们也一起协助，好好商量一下。”沙池的目光从乔布朗那里移开，看着廖一蕾和江南说道。

“嗯，嗯。”廖一蕾和江南连声回答。

“有什么问题，及时告诉我。”沙池对王一敏说着，随后又向乔布朗示意了一下，因为乔布朗是语文课代表。

“好的。”乔布朗应答时，脸色与刚才没什么两样，但心脏跳动的节奏，更明显了，他感觉到，自己呼吸的空气，似乎冻住了，仿佛学游泳之前，练习屏气那样子。

沙池的手机响了起来，她一边打开手机，一边向在场的几个学生摆摆手，示意要离开。

“明天下午夏令营就结束了。”在沙池走到后台入口处时，乔布朗深深地换了一口气。

“那你是归心似箭，还是想在这里流连忘返呐。”江南开玩笑地对乔布朗说。

“真的，说不太清楚，想流连忘返，但又好像离开家好久了。”焦书桓有点深沉地说道。

“呀，你怎么神不知鬼不觉地冒出来了。”焦书桓的声音突然出现，不只是郎涯一个人被吓了一跳，其他几个人也被惊到了。

江南刚要开口说，吓人啊，但瞬间，她把要说的话，关闭在嘴里，脸红起来。

“有人替你管着现场上台次序？”王一敏看着焦书桓问道。

“还有三个人没唱，我已经跟他们关照好了。”焦书桓看郎涯久久未返回，他实在没耐心一个人坐那里了。

“焦书桓考虑得真周全呵！”郎涯笑着说，随即看了看江南。

“我还是很喜欢这次夏令营。”乔布朗笑着说，夏令营很有收获。

“是的啊，感觉过了很久，又快得一晃而过。”江南恢复了自己说话的频率。

又一段音乐开始响起。英语老师的侧影，出现在王一敏他们的视线之内。

“这是压轴的歌了。”焦书桓悄声告诉道大家。

“一会儿，等这首歌唱完，我们几个主持人一起上台，每人说一句祝愿的话。”王一敏看着英文老师的侧影说道。

17

天色已经完全黑下来了，室外刮起了一阵风，而风，并没有吹着屋内的人。

乔布朗从窗帘窸窸窣窣的飘动声里，知道起风了。他走到窗边，撩开窗帘，右手抓住窗户手把，往屋内一拉，窗户关上了，然后，他锁住窗户，放开手把，放下窗帘。

乔布朗经过郎涯床位时，看见郎涯正闭目养神，面部表情平和，嘴角含着微微的笑意，身体斜靠在床上，叠好的被子枕着后背，撩起裤腿的腿脚，半支着，露出卷卷的腿毛。

乔布朗来到自己床边，一屁股坐了下去。数秒钟之后，他双脚互助，脱掉鞋子，双腿一跃，搁到床上，他随即拉过靠着墙边折叠整齐的被子，垫进自己的后背。

晚餐后的一番热烈讨论，余音在客厅缭绕。而热闹过后，更显得此刻黑夜的寂静。空调细微的声音，仿佛在万籁俱静中喧宾夺主。那些夏蝉、昆虫，不知道干什么去了，竟然没有发出任何声音。

“先确定朗诵会我们各自的朗诵内容吧！”王一敏坐在沙发最靠近客厅大门口的位置。

“刚才，在餐厅，不是已经通知大家了吗？每人朗读五分钟至十五分钟，内容不限。”江南诧异地问王一敏。

“是的。不过，我觉得，我们几个人最好还是约定一下内容更好一些。”王一敏看着江南，笑了笑说。

“好呀！”廖一蕾附和道。

“最好形式上能多样一些。”乔布朗想了想说，他觉得王一敏的考虑很周到。

“那郎涯朗诵诗歌啦！五分钟以上，朗诵一首不够时间的吧？”江南睁大了眼睛笑着说。

“到时候我负责看时间。”焦书桓紧接着江南的话说。

“如果郎涯朗读一首‘你看我时很远，你看云时很近’，那肯定不够时间啊！”廖一蕾说得大家都笑起来了。

“我读一段散文吧！”郎涯说。

七嘴八舌之后，他们开心地各自选定了朗诵会的表演内容。

忽然之间，有了一阵蝉鸣。乔布朗随手拿起枕边的手机，看了看时间。

刚才，没有蝉鸣的时候，仿佛夜已经很深，时间已经很晚。现在，蝉鸣此起彼伏，仿佛时间越走越快，仿佛快至深夜的感觉。

乔布朗安静地靠着被子上，内心焦急不安。忽然，他闻到隐隐约约的薰衣草馨香，是薰衣草盛开的季节么，乔布朗疑惑地问自己。

犹豫不决只会让时间越来越晚，这个时候应该都还没有睡觉吧，乔布朗心里想着去老师那里的理由。如果把刚才大家商议的，关于朗诵会的具体细节，告诉老师，老师会更放心吧。如果今天不说出心里的秘密，什么时候才有机会呢。有什么可害怕的呢，不是已经设想过许多遍了吗，万一被老师批评，就向老师致歉吧！

乔布朗看见郎涯依然闭着眼睛，半躺在床上。他起身下床，轻轻地打开房门，去洗手间淋浴。通常，乔布朗是不再出门了，准备上床睡觉前才淋浴的，但他此刻就是想去洗个澡。

他关上洗手间的门，以最快速度冲遍全身，他的手无一疏漏地摸遍自己的身体，他喜欢自己的身体。

随后，他带上了手机和门卡，轻轻走出客厅大门。

乔布朗忐忑不安地，跟随自己的脚步走，仿佛跨出房门，他就没有理由往后退了。

风吹到身上，有些凉意，或许是因为地处郊外的缘故，乔布朗不由自主地双手交叉，环抱双臂，小跑起来。昆虫和蝉似乎很多事，它们的声音，更清晰地进入乔布朗的耳膜，仿佛与他的心跳，不同节拍地遥相呼应。

乔布朗一路说服自己的脚，一路宽慰自己的心，不知过了多久，终于进入 B 区住宿群了。

乔布朗停立在老师住处门前，心跳动得很重，手臂似乎也很沉。风吹过，仿佛告诉他，时间在跑步。可是，当他按过门铃后，世界仿佛静止了，时间步履蹒跚地走，而这种慢，似乎又是他暗自期待的，仿佛对一张没有把握的答卷，既想知道得分，又害怕知道得分。

“乔布朗。”沙池看到门口的乔布朗，略感意外，随即亲切地把他让进客厅。

“你是找我吗？”沙池看着乔布朗问道。

“是的。”乔布朗有些局促，但已经忘却了害怕。

“沙老师，我想把明天朗诵会的事情，向你报告一下。”乔布朗低着头，轻声说道。

18

乔布朗跟着老师，进入房间。

“坐吧。”沙池拉开写字桌前的椅子，微笑着说道。

“谢谢。”乔布朗迟疑了一下，然后坐下来，他的屁股坐了小半个椅子，上半身微微向前倾着，仿佛随时要站起来似的。

“你们都商量好啦？”沙池问朗诵会的事情，她坐在床沿一角，房间里没有第二张椅子。

“是的。”乔布朗低着头，双手相互搓弄着。

“好。说说看吧！”沙池温和地看着乔布朗问道，她发现乔布朗时不时地低着头。

“王一敏、郎涯，我们宿舍几个人，每个人朗读不同形式的内容，其他同学任意选择朗读内容，每人朗读五分钟至十五分钟，全部参加。”乔布朗一口气说着，似乎中间没有任何停顿。

“好。这次夏令营，你们几个班委很辛苦。”沙池点点头，语气肯定地赞赏道。

乔布朗想说，谢谢老师，但是话没有说出口。乔布朗抬起头，愣愣地，尴尬地对老师笑了笑，又有一些想说的话，也没有说出口。

房间不大，但也不显得拥挤。一张写字桌，一个衣橱，一个茶几。洗手间是透明的玻璃墙，乳白色的帘子挂下来，做了视线上的阻隔。从室内看过去，洗手间里的光亮，透过帘子，透过玻璃墙可以看得见。衣橱的门没有关上，里面挂着沙池的衣裤和裙子。

沙池的视线落到写字桌前的大镜子，看见乔布朗的侧脸。她发现乔布朗面色异常，一会儿红，一会儿白，说话几次欲言又止，他的状态，和眼前的气场，忽然让沙池有了一些联想，不过，那联想着实有些意想不到。

“乔布朗，你有什么事吗？”沙池看着乔布朗，关切地问道。

“我，我想告诉你……”乔布朗吞吞吐吐地，没有把话说完整，仿佛后面的话堵住了他的嗓子口。

“嗯，你想告诉我什么？”沙池虽然有直觉联想，但也担心乔布朗，他会不会有她直觉之外的事情。

“我，我喜欢你。”乔布朗用自己听得见的声音说道。他感觉嗓子口一下子畅通了，以为全世界都听到了自己刚才说的话，他如释重负，等待着说话之后，未知的世界会发生什么。可是，仿佛一个世纪过去了，没有任何声音出现，没有任何事情发生。乔布朗惊诧地又一次抬起头。

“我喜欢你。”乔布朗看着老师轻声地说。他忽然意识到，自己刚才说的话，只有自己能够听见。

“噢。”沙池的表情有过细微的，不易被察觉的变化，她所听到的，果然与她的直觉有关。

“乔布朗，谢谢你。我一直感到很幸运，带这个班已经几个学期，我对这个班也有了深切的感情。”过了片刻，沙池看着乔布朗，尽量语气平缓地说道。

“人的成长是多方面的，我们应该坦然接纳自己的成长过程。情感的觉醒，是成长的重要标记之一，是美好的事情，不需因此有负担。乔布朗，你会有很好的未来。还是要再次谢谢你，愿意把自己的心里话告诉我。”沙池看到乔布朗红着脸。

“谢谢老师。”乔布朗云里雾里地笑着说。

“噢，那就早点回去休息吧！”沙池说着，缓缓站起身来。

“嗯。我回去了。”乔布朗随着沙池站了起来，然后跟在沙池后面，朝门口方向犹豫不决地动了动脚步。

乔布朗看见面前的老师，头发扎成一把，垂在她娇小柔弱的背上，自己竟离老师那么近，他真的闻到了薰衣草的香味。他克制了想上前抱抱她的冲动，他不觉得这个想法有多么不好，但是，他知道他不会那样去做。

静默的黑夜，以一阵清风，迎接走出门的乔布朗。蝉和昆虫的叫声，悄然隐匿。

乔布朗走入这一片寂静中。他感到内心空荡荡的，腿和手臂轻飘飘的，仿佛不是他自己在走路，不是他自己在摆动手臂。他走得很慢，比他平时走路速度至少慢一倍。路灯是在地上的，和一些草在一起，没有竖立的路灯，但有一排排竖立的树，从土地里生长出来的。

19

沙池关上房门，拧好门锁保险扣。

她走到写字桌前，坐下，看看镜子里的自己，嫣然一笑，而那笑仿佛离内心有些距离。

乔布朗的话，令她意外，她从来没有想过，男生会对女老师产生爱恋的情结。以往听说过，女生对男老师爱恋之类的事情。自己有没有不经意的行为，引起了错觉，沙池这样想着，而她随即否定了自己的猜测。

乔布朗的样子出现在沙池眼前，帅气的乖孩子形象，独立、聪明，他的父母该有多么喜爱他啊！刚才，要离开房间的时候，门边窄小的过道，他们靠得那么近，乔布朗就在她身后，她仿佛听到乔布朗想要抱她的声音。青春的气息是可以穿越万水千山的，就是有一种能够越过千山万水的力量，让人轻而易举地感受到它。就连乔布朗身上淡淡的汗气，似乎也在为青春这个名词作解释。

他在电话里说，不离婚可不可以，就在下午，沙池在舞台后台的时候。

如何继续呢，沙池说。

实际上，沙池常常想到他待她的各种好，每想一次，心就疼痛一阵。心疼痛的时候，仿佛有一双眼睛看着她，与她四目相对，看着她的心是如何被撕成碎片。

沙池与他很久不在一起了，大概已有三百天左右。他怎么过的日子，沙池不再过问。

雨天，沙池打着伞，步行。雨点打在伞面上，一朵一朵地溅开，像烟花的花心，向伞的四面八方溅开去。仔细聆听，可以从大雨声中，分辨出伞面雨点的声音，虽然隔着空气，但依然可以听见。他说，我舍不得你，不要分开，但沙池知道，自己不会再与他做爱，不分开又如何继续，即使身体会有坠入深渊的虚空。

20

郎涯心满意足地睁开眼睛，见对面的床空着，也不见乔布朗人影，感到有些奇怪，之前听到乔布朗关门出去，以为他去洗手间，或者去客厅。

郎涯精神十足地起身下床，他打开房门，走到客厅，客厅空无一人，安静得仿佛能听得见细针落地的声音。他又去洗手间，门关着，他把耳朵贴到门上，里面有哗哗的流水声。谁在里面，他问第二遍的时候，焦书桓的声音，仿佛带着重重水雾，瓮声瓮气地传过来。郎涯变得神秘兮兮起来，他本来想问焦书桓，是否看见乔布朗，但转念一想，水声那么大，肯定听不清楚，于是，郎涯去敲王一敏的房门。

“乔布朗没在你这儿吗？”郎涯没等里面发出声音，已经扭开了王一敏的房门，走了进去。

“他没来过。”王一敏似乎丈二和尚摸不着头脑，怎么丢人了，“你是说，乔布朗不在宿舍吗？”瞬间，王一敏马上反应过来。

“是啊，都这么晚了。”郎涯心里想，乔布朗肯定出门去了。

“乔布朗，你出去啦。”郎涯和王一敏听到焦书桓的声音从门口传来。他们赶紧跑出去看。

乔布朗关好门，转过身来。他的刘海有些凌乱，可能被风吹散的，有一缕挂在前额中央。

“你们都还没睡觉啊？”乔布朗笑着对面前几个怀揣疑惑的人说道。

“我们已经一觉睡醒了。”郎涯他们几乎异口同声，似乎有标准答案。然后，他们期待着乔布朗主动说说情况，解答他们心中的疑惑。

“我跑步去了。”乔布朗原地站立了片刻，笑着对郎涯他们说道。然后，走过他们面前，径直往自己房间走过去。

郎涯和王一敏对视数秒钟，都觉得乔布朗说的，明显不是标准答案。

21

江南正在想，要不要把下午郎涯对她说的话，告诉给廖一蕾。

屋内门窗早已关好，窗帘整齐而严实地拉上了，壁灯、台灯、顶灯都开启，温馨而安谧。

“廖一蕾，告诉你一件事，不要外说啊！”江南终究没有按捺住，还是想说出来。江南不是一个爱攀比的爱虚荣的女生，可是，在被男生喜欢这件事情上，江南也会有一点所谓的虚荣心。

“嗯。”廖一蕾躺在床上，慵懒地应声道。

“郎涯跟我开玩笑说，焦书桓喜欢我。”江南故意说得婉转一些，想听听廖一蕾怎么说。

“嗯。我看是真的！”廖一蕾似乎没假思索，立即就应答道。

“是这样啊？”江南慢条斯理地说，似乎才明白似的。其实，焦书桓喜欢她，她是知道的，尽管焦书桓从来没有对她说过。可她知道自己喜欢乔布朗，现在郎涯告诉她焦书桓喜欢她，她心里的虚荣心被小小地满足了一下，内心还是欢喜。

室内安静下来，江南对廖一蕾说，她先去洗澡了。于是，她拿上浴巾和干净的换洗衣裤，准备去洗手间。她走到门边的时候，忽然感觉可能例假来了，就回过身，又带上了卫生巾。

江南洗澡基本上不管时间的，只要没有什么急事情等着，她往往会沐浴在柔软顺滑的流水之中，令自己流连忘返。所以，她洗澡时间，经常是别人的一倍。被温水泡得暖暖的，洗得香香的江南，换上干净衣裤，套上睡裙，从洗手间出来，朝自己房间走去。

焦书桓坐立不安的心情，让他的双脚变成了蚂蚱，在客厅内动来动去。但是，他知道，应该稳下心来，不要诚恐诚惶的样子，所以，当他意识到的时候，他就会停住脚步。

客厅里的灯，此刻仿佛像太阳，光芒万丈，照亮了整个房间。焦书桓偶尔像树伫立，更多的时候像风流动。他等待着，守株待兔，期待有一个机会，江南从房间里出来。

“江南！”焦书桓仿佛被自己的一声轻呼，吓得魂飞魄散，他惊慌失措地看见江南从洗手间里出来。

江南听到有人叫她，她很快地找到了声音的方向，只见焦书桓把门神样地立在大门边。

“嗯。你在这里干什么啊？”江南吃惊而茫然地问道，她此刻已经忘了郎涯下午对她说的话，根本没有联想起来。

但是，当她看到焦书桓的表情，关联记忆立刻恢复了，刹那间脸红起来。

“江南，我有话要跟你说。”客厅大门是距离房间最远的地方，所以，焦书桓站在那里没有移动脚步，而他的脸色通红。

“我，我喜欢你。”江南走向大门，靠近焦书桓的时候，焦书桓看着江南说，他的眼里波光粼粼。

“焦书桓，谢谢你。”停顿片刻，江南红着脸，低下头，轻声说道，假如不是郎涯事先告诉过她，或许，她此刻会慌乱，不知道怎么回答，或者习惯性地会说得很直接。

“开学就是高三了，我想学习会很紧张的，我想以后再谈这些事。”江南紧接着说道，她不好意思直接说，谈恋爱什么的。

焦书桓点点头，没有说话，似乎也说不出话来，江南抬起头，看着焦书桓。她看见焦书桓的眼睛泛起浅浅的红色，水珠从波光粼粼的小湖里溢了出来。

“别难过了。”江南发现自己似乎也要掉眼泪了。她看见焦书桓的嘴唇连续颤动了下，没有开口说话，只是又点点头。

夏蝉和昆虫仿佛早已入眠，周围一片寂静。在这个静谧的夜晚，屋内，至少有半数人的心，在波涛起伏的大海里航行。

第五章 如果道别的那一天来临

未来真是令人心生向往，又充满神秘。

1

太阳光经过窗帘的缝隙中间，来到王一敏的脸上。王一敏被早晨明媚的太阳照醒。

焦书桓怎么不把窗帘拉严实呢，王一敏有些恼，如果知道窗帘被拉成这样，昨晚不如自己动手呢。他翘起大脑袋，朝焦书桓床上看了看，见他正酣睡着。王一敏又看了看手机上的时间，真的还好早，于是，他继续躺在床上。可他却怎么也睡不着了，面对突如其来的一大块时间，王一敏竟觉得束手无策，思绪漫无边际。

上午的朗诵会是夏令营最后一项活动了，中餐后返回学校，夏令营就算结束了，然后，迎接自己的将是高考的准备，王一敏想。他的思绪渐渐集中起来。

王一敏对自己能考上重点大学这个问题，从来没有丝毫怀疑，但在哪个城市读书，不得而知。

“你说，我究竟要不要去美国读书啊？”廖一蕾曾经问过他。

“看你自己内心对美国学校的向往程度啦！”王一敏淡淡地认真地对廖一蕾说。

“我想不好。最近觉得美国读书也有些吸引我，看看那些世界排名前茅的好学校，美国占了不少呢！”廖一蕾似乎犹豫不决地嘟哝着。

“我爸妈跟我说，选择国内和国外读书他们都支持。”王一敏沉默了片刻，看着廖一蕾说道。

“那你自己的意思呢？”廖一蕾的眼里有一丝柔亮的光。

“我希望能考上国内最好的大学。我不想让父母为我读书花掉积蓄，降低他们自己的生活质量。”王一敏仿佛已经深思熟虑过这个问题了。

“其实，考上好的学校就行，出国还是国内读书，都可以的。”廖一蕾看看王一敏，婉转地说。

王一敏知道，大学里有交换生，优秀学生可以获得出国交流的机会，以后自己就按照这条路走，这样，不管廖一蕾是否出国读书，自己总可以有机会和廖一蕾在一个地方读书的。

王一敏侧过身体，面朝墙壁，继续躺着。太阳光越来越强，他感觉后脑勺特别温暖。那天，春光明媚，太阳光是金色的，照耀着廖一蕾的后脑勺，王一敏第一次那么仔细地观察太阳光，仿佛廖一蕾的一根头发，就是一束阳光，每一根发丝，都特别清晰，被阳光包裹着，金灿灿的。她的头发是披着的，仿佛一泄瀑布，整齐的垂到背部，正好停落在腰际上面。王一敏站在廖一蕾后侧。那天是春游，他们几个人在一起，谈论着未来。

未来真是令人心向往之，又充满神秘的，王一敏对未来的美好，始终有着信念般的坚定信心，王一敏对自己笑了笑。

王一敏端着餐盆，在人声鼎沸的人群里寻寻觅觅，他看见大部分座位都已经有人，而少数空座位被他忽略不计了，他没有停下脚步。心诚则灵啊，他终于看见自己想坐的座位了。他双手稳稳地端着餐盆，脚步稳稳地往前迈进，心里希望不要半路杀出个程咬金，在他到达之前，抢走那个座位。

不一会儿，王一敏如愿坐到廖一蕾对面了。

春末，尚未到夏天，气候怡人。王一敏听廖一蕾说，她以后可能会报考比较热门的商科。

“你会学什么呢？”廖一蕾笑着问，眼睛亮亮的。

“我会报考生态环境方面的专业。”王一敏看着廖一蕾，笑着回答。

王一敏记得那天午餐，厨师做的菜很好吃，红烧牛肉、黑木耳炒青菜、香干芹菜。

王一敏躺在床上，想着想着，忽然想到那天的午餐，就觉得肚子有了反应，发出叽里咕噜的声音。他看看手机，终于到了可以起床的时间了。于是，他坐起身，开始穿衣服，顺便喊了一下焦书桓。

2

焦书桓孤独的被客厅内宛若万丈光芒的灯光包围着。他看着江南朝房间走去的背影，眼泪掉下来了，他此刻回不去自己的房间，他要让自己的心绪平复下来。然而，在平复之前，他只想把自己心中沉积许久的苦水，酣畅淋漓地倒出来。他任由自己的眼泪流下来，也不去擦拭。

“别难过了。”焦书桓想起江南说这句话的时候，声音轻轻的，软软的，语速慢慢的，目光是湿的。他回想过几遍，确定江南讲这句话的时候，眼睛是有些泪眼婆娑的样子，心里应该是难受的。

焦书桓想着这些，他的心上仿佛有细细的针，一下一下地扎着。可是，江南既然难受，为什么又要拒绝他呢？他只想对江南好，想对一个人好的愿望，也这么难以实现吗？

焦书桓越想越难过，他记忆中，自己曾经哭过一次，这次是第二次掉眼泪。上次是父母分手，这次是被自己喜欢的女生拒绝了。

那个初夏的下午开始，焦书桓的目光就追随着江南，心里有了一份牵挂，仿佛自己一下子长大很多。

经过走廊的时候，室外的热气几乎会把人熏倒，焦书桓很快到达教务处。

“爸，你怎么来了？”焦书桓见到坐在教务主任对面的老爸，嘿嘿地笑。这一声招呼，似乎已经完成了他来教务处的任务。他来到教务处，就是老爸想顺便与他会个面。

这个时候，教务处一位老师敲门进来，跟主任说了几句话。焦书桓听到他们提到了江南的名字，立即敏感起来。那位老师出门后，主任跟焦爸说，一个学生以前学校的同桌出事了，闹出了人命，有关部门来调查情况。焦书桓听到江南、同桌、人命、调查，这几个关键词，几乎让他顿然有毛骨悚然的感觉。

放学后，焦书桓转回到教室。他看见窗户内，江南和廖一蕾都在，江南正哭得厉害。焦书桓猜想，江南一定是因为她同桌的事，哭得那么伤心，他很想自己此刻能做点什么，但他不能确定自己是否可以走入教室。焦书桓从教室走廊一边走到另一边，犹豫不决要不要走入教室。然而，他终究没有进去，可江南那伤心的样子，却已经走入了他的心里。

3

廖一蕾躺在床上，不知道几点钟了，她想。窗帘拉得严严实实的，但白天还是会透进光来，从窗帘的亮度判断，廖一蕾估计差不多可以起床了。她折过手臂，向枕头边摸索着，然后把摸到的手机举到面前，看了看时间，又把手机放到一侧，两眼看着屋顶。

就要返回学校了，仿佛已离开学校很久，无论何时何地，廖一蕾想到学校，眼前就会出现香樟树、石榴树、教室、操场、图书馆、心镜……所有的一切，她都感觉很亲切，她喜欢那里。

廖一蕾第一天到学校的时候，是一个大晴天的早晨，太阳已经升起来了，有清新的风，徐徐吹过，她看见妈妈烫过的卷发，几朵大圈圈在她耳边飘动。廖一蕾和妈妈手拉着手，一起走进了学校。她一眼望见很多石榴树和香樟树。石榴树不高，却饱满，树上参差交错地开满了橘红色的花朵，颜色非常靓丽，好看。香樟树散发着馨香，随着微风，优雅地飘扬着。好香啊，她对妈妈说。廖一蕾一下子就喜欢了学校，妈妈也很满意。

廖一蕾躺在床上，想着当时的情景，心里暖暖的。

那次，妈妈是专程从美国赶回来的，妈妈说一定要看看她读书的学校。廖一蕾觉得虽然经常可以在视频里与妈妈见面，可总是感觉与妈妈在身边不一样。

廖一蕾裹紧了被子，仿佛躺在大袋鼠兜里。

前一天晚上的时候，江南说所有任课老师里，她最喜欢语文老师沙池。

“为什么？”廖一蕾问江南。

“因为沙池老师最喜欢我。你呢，你最喜欢哪个任课老师？”江南看着房顶说道。

“和你一样，我也最喜欢沙池老师。”廖一蕾想了想，似乎喜欢的理由和江南也是一样的。

“为什么？”江南又问。

“你说为什么？”廖一蕾反问江南一句，其实是不想深入探讨这个问题。

“那么，这么说来，是不是我们都会喜欢那些喜欢我们的人啊？”江南若有所思地说道。

“我觉得应该是吧！”廖一蕾把腿搁在被子上，笑着说道，她想到了王一敏。

“好像也不全是那样啊。你再想想。”安静了几秒钟之后，江南似乎对前面的结论发生了疑问，她似乎迷上了这个问题，仿佛脑袋走入了九曲十八弯。

“让我想想，好像真的不全是那样啊！”停顿了一会儿，廖一蕾笑着说，因为她又想到了焦书桓。

“你想啊，焦书桓他喜欢你，可你不一定就喜欢他呀！”廖一蕾忽然掀起脖子，看着江南继续说道。

“嗯，假如他一直喜欢我，一直喜欢下去，是不是总有一天我也会喜欢上他呢？”江南听廖一蕾说到了焦书桓，就不回避了，不过，她想得到答案，还另有想法的，她心里知道。

“等等，让我再想想啊。嗯，我们可能把两件事情混在一起说了。”片刻之后，廖一蕾深沉地说道，话音未落，她往后一仰，将脖子和头一起放回了枕头上。

“你是说，喜欢和爱不一样吧？”江南仿佛宁愿不睡觉，也要把这个问题讨论下去。

“我觉得，喜欢，应该会迟早双方对等起来吧？谁会讨厌喜欢他们的人呢。爱，可能就不一定那样子，爱会有取舍的。”廖一蕾一边思索着。一边回答江南的问题，她散开被子，往身上盖着。她感觉自己的脑细胞，被江南的问题杀伤了许多，有些困了。

“可是，好像也不是啊。比如，焦书桓，假如他一直喜欢我，可能某一天，我也会喜欢上他的，但是，如果是一些不相干的人，一直说喜欢你，然后某一天你就会喜欢他了吗？”江南仿佛绕在九曲十八弯里了。

“我困了。反正喜欢和爱是有区别的，但都有爱的成分。我也越说越糊涂了，什么是有爱的成分呢？江南同学，现在，我要睡觉了。”廖一蕾说完话，就马上入睡了。

其实，江南还追问了一句，见没有应答声，知道廖一蕾又神速般地进入梦乡了。当然，江南追问了一句什么话，廖一蕾是不知道的。

廖一蕾想起昨晚睡觉前，江南与她讨论的问题，笑了。她又紧了紧被子，仿佛在大袋鼠的兜里，真的好舒服呐！

“廖一蕾，现在几点钟，你知不知道啊？”江南口齿不清地躺在床上问廖一蕾。

“差不多我们该起床了。”廖一蕾没有再看手机，她感觉是起床的点了。

“我起不来怎么办啊？”江南一边说着，一边就闭着眼睛坐起来了。因为她几乎凌晨才睡着，不够她的睡眠时间。她虚弱地靠着床背上，仿佛等待着眼睛自动打开。

“你最后确定朗诵会表演内容了吗？”廖一蕾一边穿衣服一边问。

“想是想好了，还没有预演过，我担心表演的时候会不会念成结巴。”江南有气无力地说着。

“听你唱歌就估计你是结巴了，结巴唱歌都好。”廖一蕾故意开玩笑说，她当然知道江南不是结巴。

江南笑笑，没有搭廖一蕾的话，她已经穿好衣服。

“我很快的，马上就好。”廖一蕾也穿好了衣服，快步走向洗手间。她知道，江南这两天来例假了，所以呆洗手间的时间会更久一些。

廖一蕾随手关好门，从上厕所到挤牙膏、刷牙、洗脸、涂面霜等一系列事情，在几分钟之内都完成了，很快就从洗手间里出来了。

江南进去了。

“江南，你没事吧，加油啊！”过了好一会儿，江南还没有出来，廖一蕾看看时间，有些着急。

“马上好啦！”江南说着，几乎同时就打开门出来了。

“我们走吧！”廖一蕾已经等在房门口。

4

江南知道廖一蕾进入了梦乡，只好将未得出终极结论的讨论放置一旁，她不想自己一个人再继续想那个问题。因为，不识庐山真面目，只缘身在此山中，江南想，自己会一时半会儿绕不出来的，再因为，或许自己就是想听听廖一蕾怎么想的，她的想法，会不会与自己几乎一厢情愿的想法一致呢？

时间一定已经很晚了，可江南竟没有睡意，仿佛离梦乡很遥远。她想起晚上睡觉之前，焦书桓站在客厅门口，一句话都说不出来的样子，与他平时完全判若两人，这是江南第一次关注焦书桓。她想起了焦书桓殷切地为她做的一些事情，似乎触动了恻隐之心，心里有些说不清楚的难受起来。江南知道，乔布朗的一举一动都吸引她的眼球，可是，她越来越清楚，乔布朗似乎并不在意她。为什么会这样呢，江南想，为什么自己要去在意一个并不在意自己的人呢？

明天见到焦书桓的时候，会不会很尴尬，江南躺在被窝里，闭着眼睛问自己。

江南又开始在脑海里搜索，她希望能找到一些细节，可以证明乔布朗喜欢她。

江南想到了乔布朗迷人的笑容。乔布朗对她笑的时候，很好看，可她后来发现，乔布朗就是那样笑的，对别的女生也是那样笑的，所以，乔布朗的笑没有特别的含义。想到这里，江南立即就把这条论据删除了。

春游的时候，乔布朗帮助她从焦书桓手里夺过手绢，交还她，但她后来发现，乔布朗帮助她要回手绢，并不能说明他喜欢她，乔布朗把手绢递给她的时候，一句话没说就人影无踪。或许，那次是路见不平拔刀相助吧！

上次未按时交作文，跟乔布朗说，不要记录到迟交名单上去啊，马上写好了，乔布朗说，好的，你尽快补上吧，江南心里有些美滋滋的，以为乔布朗对她特别关照。可是，更晚些时候，江南听到另外同学跟乔布朗说，不要记录到迟交作业名单上去啊，作文在下午上课前交给你，乔布朗说，好的，不可以更晚时间交了。

江南想到这些，有些失望，也对乔布朗有些生气。她翻了个身，面朝墙壁，继续闭着眼睛，而脑子继续停不下来，依然走在九曲十八弯里。

学校有好几个女生给乔布朗写过信，曾经一度沸沸扬扬的，不知道消息是怎么传出来的，那几个女生后来被很多人认得。江南想，为什么要向不在意自己的人表白呢，可是，不表白怎么知道对方怎么想的，究竟会是什么情况呢？可是，女生向男生表白几乎都会被拒的吧？哎呦妈呀，江南觉得太纠结了，脑袋快要爆炸了。

空调的风与床铺平行，吹在上空，发出轻轻的均匀的声音。江南听妈妈说过，空调的风不能直接对准人吹，晚上睡觉的时候，更不能风口对人。廖一蕾酣甜的细微的声音，均匀地传向江南，仿佛如催眠曲一般。

江南和廖一蕾走出房间的时候，王一敏他们几个人表情愉悦，正在客厅里说说笑笑。

“郎涯马上来了。”乔布朗说，昨晚郎涯写了一篇作文准备上午朗读。正说着，看见郎涯快步走过来。

“走吧。我们去食堂。”焦书桓说着，就开始朝门口走。

5

“我们毕业的时候，会不会再组织一次夏令营呢？”江南说话的时候，太阳从树的间隙把光照到了她的脸上，把她的脸照花了。

“高考结束，大家都会忙着选学校，填志愿，估计不会再夏令营了。”王一敏接着江南的话说。

“是啊，后面就是等录取通知书，每个人的心情也会很不一样。考得好的人或许有心情出去玩，考得不理想的人，估计就没有心情玩耍了吧？”乔布朗捋一捋刘海说道。

“今天是我们高中时代的，最后一次活动的最后一天。且活动且珍惜吧！”焦书桓沉下脸，声音低沉地说道。

“毕业典礼一定会很感人吧？”廖一蕾想象着毕业典礼

的情景，一起吃住三载的同窗同学，即将分别，各奔前程，那场景该多么伤感呀！

“女生可能会哭噢。”江南的眼前仿佛也出现同学们离别的样子。

“男生可能也会哭的。”焦书桓接着江南的话淡淡地说，嘴角向上咧了咧。

江南忽然反应过来了，觉得自己说到哭，有点对不住焦书桓似的，可她并非故意的，她说话的时候，并没有联想起焦书桓前一天晚上的样子。

太阳光被一排大树撑着，树下行走的人仿佛轻便许多，也给这样一个盛夏的早晨，带来一片惬意。三五成群的男生和女生，迈着如阳光般的脚步，往前走。

“我们把毕业纪念册做得好一些，每个同学都要留言，以后回忆起来应该很有意思。”江南说话的时候，注视着远处的一束阳光，看祂正穿过树叶中间，照在路面上。

“嗯，完全赞成。还要贴上每个人的照片和集体照。”江南的话似乎说中了郎涯的想法，郎涯频频点头附和道。

“你会在纪念册上写些什么话呢？”江南扭过头问乔布朗。

“给每个同学写的应该不一样吧？”乔布朗笑着回答。

“当然了，王一敏给廖一蕾写的话，与给江南写的话，一定会不一样。”焦书桓呵呵了几下。

“那时候，如果有的人已经在美国了，那怎么写呢？”

乔布朗笑得神秘兮兮的。廖一蕾的脸色忽然不知不觉红了，心里咯噔了一下。

“谁去美国？”焦书桓对乔布朗的笑不以为然，他似乎有些恢复状态了。

“我说的是如果。”乔布朗隐隐约约露出得意的神情。

“焦书桓，那你会给江南怎么留言呢？”郎涯看着焦书桓笑着问，他把话题接到前面去了。

“我要好好想想。”焦书桓说话的时候，似乎一下子认真起来。他看了看江南，见江南面色有些尴尬，就没有继续说什么。

“沙老师好。”乔布朗一眼看到沙池迎面走过来，红着脸向老师问好。

“沙老师好。”其他人紧接着乔布朗的声音，异口同声向老师问好。

“你们好。”沙池说着，停下脚步。

“朗诵会表演内容都准备好了吧？”沙池看着王一敏微笑着问。

“都准备好了。”几个人接二连三地回答。

“好，赶紧吃早餐去吧！”沙池边说边往前走。

“喔，毕业纪念册上，老师是不是也应该留言啊？”乔布朗似乎忽然想到了一件被遗忘了的重要事情。

“一般没有老师留言的，我见过我表哥的毕业纪念册。”王一敏回应乔布朗。

“班主任也不留言吗？”乔布朗觉得似乎不在情理之中。

“我们把班主任邀请上好了。”焦书桓觉得这样的事没有固定规则，可以作变动的。

“好的，我们就这样说定了，等我们毕业的时候，我们把毕业纪念册认真的做好，要有集体合影、个人照片、同学留言，班主任留言。”王一敏同意焦书桓的想法。

一行人一路说着毕业纪念册的事，转眼就来到了餐厅。

“拒了。”快进门的时候，与郎涯走在最后面的焦书桓，看见郎涯拽他时的眼神，心知肚明，于是轻声对他说了两个字。

“短信，微信。”郎涯悄悄说了几个字。

“说不清楚的。”焦书桓当然听懂郎涯简单几个字的意思。

手机发短信已很普遍，微信已开始使用，焦书桓也曾纠结过，要不要用手机联系江南。学校规定学生在校是不能带手机的，虽然这次夏令营大部分同学都带上了手机。更主要的是，焦书桓觉得，他用文字去表达，就像让他写作文一样，比较复杂，表达不准确。焦书桓最后决定放弃使用，况且回校以后也不能带手机的。

6

沙池辗转反侧许久，她想起夏令营，想起这个班的学生。夏令营已经进入尾声，所幸几天以来，所有的活动都进行得比较顺利，学生们玩得很开心，也在活动中得到了锻炼。沙池很高兴这次活动这么有收获。

她从被子里伸出手，拿过床头柜上的遥控，按了几下，把空调设置调整到静音，然后放回遥控器，把手重新放进被子里。

马上就放暑假了，这些学生目前的状态需要保持下去，沙池想，如何让他们能够在暑假中，既保持良好状态，又得到休整，还需要针对这个问题再给他们讲一讲。沙池希望能在高三开学的时候，看到他们的最佳状态。

暑假里还有一些事情要处理。从上一个暑假，到现在这个暑假，一年时间，生活发生了意想不到的变化，沙池眼前陆陆续续地出来一些事情。

还有整整一个月可以休息，沙池非常享受暑假。窗外，大树枝叶茂盛，郁郁葱葱，不远处蝉鸣鸟鸣声声脆脆。

“一会儿你要耐心解答啊！我初中女同学，你也见过的。”沙池从他身后圈住他的腰，把脸贴在他日渐肥厚的背上。

“放心，相信业务专家吧！”他拍拍沙池放在他肚子前面的两只手说道。

“好吧。”沙池松开手，放开他日渐粗硕的腰，然后，走去卧室。

当门铃响起的时候，沙池走出来，看见她刚进门。沙池没能分辨出她用的香水是什么牌子，但确定那是好香水。

“美女请进。欢迎欢迎。”沙池一边说，一边把她让进屋里。

“家里真干净啊！”她长长的睫毛向上空翘着，几乎没有动，动的是睫毛下面的眼睛，仿佛屋檐下，流动着两个水晶球。

“你越来越漂亮了。”沙池笑着陪她走到沙发旁。

“像你这样过得幸福才好。”她的睫毛关闭一下，又迅速撑开，看了一眼微笑着的沙池。

“谁知道以后怎么样呢？”沙池说的是一句宽慰她的话，而实际上，沙池是心满意足的。说话间，沙池和她一起坐进了沙发。

“你老公很爱你噢。”她看着沙池的眼睛问，屋檐下的两个水晶球，几乎要碰上沙池的眼睛了。

“是不是你另有所爱才要离婚啊？”沙池跟她开玩笑，因为很熟悉，说话常常不用拐弯抹角。

“不是的。办离婚已经有一段时间了，房子的问题谈不妥。”她说话的时候，睫毛撑得更高了，真让人担心会不会随时塌方。

“别担心，有专家在。”沙池很快地看一眼她的睫毛，笑容可掬地说道。然后，沙池向正端着水杯朝她们走过来的老公招招手示意，仿佛说，这儿需要法律专家了。

“尽管问，美女。专家来了。”沙池热情地对她说，丝毫不怀疑他的解答能力。他走过来后，在沙池身边坐下。

他陪着她们寒暄了几句，然后就言归正传，开始询问需要他解答的问题了。

“把她交给你啦。”沙池站起身来，对他说，然后，忙别的事情去了。

“你忙去吧。没事。”他对沙池挥一挥手说道。

太阳光从玻璃外面照进厨房的灶台上，照进卧室的床被上，照在书房的写字桌上，沙池路过之处，随处都是明媚阳光和亮丽色彩。

从写字桌前，那棵巨大的树，树上略粗的树枝，树枝上深绿色的叶子，油油叶子上晃眼的光亮，便可想而知太阳光强烈的程度。沙池喜欢做老师教书，很大一部分原因，就是炎炎夏日，可以足不出户，呆在室内享受暑假。寒冷冬日，可以足不出户，呆在室内享受寒假。在这些自由自在的时间里，可以看看书，看看电影，看看风景，看看亲朋好友。

“情况了解得怎么样了？”沙池再次来到客厅的时候，看见气氛很融洽，便高兴地问道。

“到底是专家啊，我所有的疑问都解答了。”她笑意盈盈地回答沙池，随手拿过杯子，喝了口茶。

“这茶好。”她紧接着跟沙池说，随手举杯示意。

“是的。一会儿我再给你泡一杯雪菊，你喝喝看，是不是和茶有点相似。”沙池高兴地说，她一眼看见同学 V 字领口边的一朵小花。

“你们刚才正说着什么呢？”沙池饶有兴趣地问，因为她过来的时候，看见他们似乎已经完成咨询了。

“我在感慨，你们家很温馨噢。”她长而密的睫毛，一合一开，她的声音是笑着的，这一点毋庸置疑。她先看着沙池说话，随后，又很快看一眼他，仿佛像个学生，不知可否，不知道自己的答题对不对，希望沙池和他为她的话评分似的。

“把目前的事情处理好了，以后你也会过得温馨的。”沙池平静地微笑着对她说。

“我们出去吃饭吧！”沙池转向他说道。

“沙池，你太客气了。”她接着沙池的话愉快地说，沙池说不客气。

7

廖一蕾梦见自己做梦的时候尿床了，一着急就醒过来了，她发现是自己想要小便了，可她又懒得起床。于是，迷迷糊糊的她，继续撑着，又继续迷迷糊糊地睡，然而，最终她不得不踩着颠簸的步子，仿佛行走在有小浪的海面上的轮船甲板上，无可奈何地走向洗手间。

从洗手间出来，廖一蕾略微清醒一些。而当她看见坐在沙发上的焦书桓时，才真正清醒了。焦书桓愣愣的，在灯光下，顾影自怜的样子。廖一蕾看一眼焦书桓，犹豫了一下，然后继续朝自己房间走去。

“廖一蕾。”焦书桓叫住了廖一蕾，他自己也不知道怎么就开口叫住她了，但意识到这一点的时候，他就只好开口说话了。

“嗯。”廖一蕾转过头，疑惑地看了看焦书桓，怎么还不睡觉，干吗呢，廖一蕾心里纳闷着，然后走近焦书桓。

“我，我刚才被江南拒绝了。”焦书桓面色黯然地说，他感觉这句话仿佛不是他自己说的，因为他自己根本就不知道，叫住廖一蕾之后，该说些什么。

“我能做什么吗？”廖一蕾不清楚焦书桓叫住她的意思，而且要不是江南跟她讲起过焦书桓，她可能一时半会儿想不明白焦书桓的话。

“你和江南经常在一起，你会比较了解她，你觉得我现在应该怎么做？”焦书桓此时说出来的话，似乎并未事先在脑海里出现过。

“或者你就不放弃，或者你就放弃。”廖一蕾想了想说道，她第一次遇上这种问题。

“我不想放弃，可是，我不知道怎么办。”焦书桓内心一片茫然。仿佛被江南拒绝之后，天空会像这夜晚，一直黯下去。

“或许有一天她会改变的。”廖一蕾实际上也不知道，有哪些好办法，但她的话让焦书桓心里好受一些。

“谢谢你。”焦书桓表情漠然地对廖一蕾说道。并非焦书桓想让自己摆出一副面瘫相，他真的连说道谢的话也笑不出来。

“那我走了。你也赶快睡觉去吧！”廖一蕾说着，就往房间走去。

廖一蕾轻手轻脚拧开房门，走进去，江南熟睡着，她悄悄地躺回被窝里，数秒钟之内，又一头栽进睡梦里。

焦书桓从沙发上站起来，走到电源开关那里，关掉了屋顶的大灯，只亮着两盏壁灯，客厅悄然暗了许多。

两盏壁灯造型像小白兔的两只耳朵，焦书桓无意之间看过去，却让他想起了那只小白兔。

那天，焦书桓把小白兔装在盒子里，放进书包，和书一起带到了学校。终于下课了，他早就按捺不住，他从抽屉里拿出盒子，放在桌上，似乎也想让小白兔课间活动。焦书桓的课桌迅速成了同学聚集的要地，小白兔成了被围观的对象。

“怎么跟摆地摊似的，扰乱教室秩序，被老师看见会没收的。”乔布朗对旁边的焦书桓说道。焦书桓像没听见一样，继续逗他的小白兔。

“好可爱啊！”坐在前面几排的廖一蕾也跑过来围观。坐在焦书桓前排的江南，转过身，用手摸摸小白兔的毛，说，喜欢小白兔的毛毛。

上课铃响了，同学们回到自己座位。

“江南，你要不要养兔子啊！”焦书桓小声跟前面的江南说。

“怎么养呢？”江南低下头，脸从左肩方向往后侧看，恰好余光可以看见焦书桓嘿嘿笑着的脸。

“兔子吃的，我都带了。你可以放到寝室去。”焦书桓低声说道，眼睛从江南的肩膀看过去，看着江南的侧面。

“要不要现在交给你。”焦书桓问着就把手伸进抽屉，迫不及待地想把兔子交给江南。

“焦书桓，这道题请你回答一下。”这时候，数学老师的声音，清澈而响亮地传到焦书桓耳朵里，焦书桓赶紧把手从抽屉里拿出来，尴尬地似笑非笑地看着老师，坚持保持沉默。

乔布朗已经想好了答案，刚想开口告诉焦书桓，看见老师将目光转向他，于是，他打消了告诉焦书桓答案的念头，等待数学老师说话。果然，数学老师点了乔布朗的名，听乔布朗回答完毕之后，重重地点了一下头，说，回答得正确。

课堂里继续是数学老师朗朗的声音。

"你准备怎么处理那小动物。"终于下课了，焦书桓刚松了一口气，数学老师却出其不意地，声情并茂地出现在他面前。

"嘿嘿。"焦书桓不知道该怎么办的时候，他标志性的笑往往成了他的杀手锏。他心里在等待老师的发落。

"让你家里人把小动物带回去吧！"数学老师没有再说什么，然后离开了教室。教室里即刻嘻嘻哈哈地热闹起来。

"被老师发现了啊？"江南转过身来的时候笑着说道。

"嘿嘿。"焦书桓尴尬地自嘲了一下，心想，只好让老爸带回去了。然后，焦书桓索性把小白兔拿到桌上。他高兴的看见江南摸了摸小白兔。

焦书桓关好灯就回自己房间了，凌晨时分，他恍恍惚惚地睡着了。

8

餐厅里陆续坐满了人，整体处在亢奋状态的兴奋的学生，让餐厅变为一片欢歌笑语的海洋，幸好室内空调温度适宜。早餐是自助的，食物可以随意拿取食用，但不能浪费。

一个鸡蛋、一个肉包、一碗稀饭，焦书桓的餐盘放了这些，坐他身旁的郎涯却食欲大开，三个肉包、两根油条、一个鸡蛋、一碗稀饭。

江南坐在郎涯对面，她看见焦书桓吃得那么少，他前两天的早餐，最起码是现在的一倍多呐。江南心里隐约有一丝不安，仿佛焦书桓吃得少，她是罪魁祸首似的。

“江南，都给你了。”焦书桓憨憨地笑着，递给江南一大包巧克力。

“哎呀，好像都是女孩子吃的东西啊！”焦书桓嘿嘿笑着，从书包里拿出杏仁，递给江南，又拿出牛肉干，递给她。

江南脑海里很快闪过上面两个镜头。

“焦书桓，你今天怎么吃那么少呀？”江南觉得自己该说些什么，她看着焦书桓的餐盘说道。

“今天吃这些够了。”焦书桓抬起有些许血丝的双眼，看了看江南，微微笑了笑说道。

“喔，他今天开始要减肥了。”乔布朗费劲咽下一口鸡蛋黄之后，笑嘻嘻地说。

“他不需要减肥，他是健壮。”郎涯接着乔布朗的话，给焦书桓帮腔。

“是女生要减肥啦！”廖一蕾看了看焦书桓，微笑着慢声慢气地说道。江南听了这话，脸色忽然微微红了。

“一会儿就要朗诵会了。”焦书桓紧接着廖一蕾的话，换了一个话题说。

“如果朗读的时候，有钢琴伴奏，效果一定非常好。”乔布朗的浪漫细胞随时活跃着。

“对呀，如果有钢琴的话，就可以让廖一蕾伴奏了。”江南喝一口豆浆，然后兴奋地说道，她想象着自己一边朗读，一边有钢琴伴奏，美得不得了。

“朗诵诗歌的时候，有音乐伴奏效果最好了。”乔布朗想到自己要朗诵诗歌的事。

“我吹口琴给你伴奏好了。”焦书桓看见乔布朗说话的时候，又捋一捋刘海，感觉他特别臭美，心里狠狠地鄙视了一下。

“对呀，我们这儿都有小才艺的。我们辛苦的童年啊。”江南忽然想到，他们每个人都起码会一种乐器的，她除了学拉二胡，还学了画画呢。

“我在少年宫学的是萨克斯，口琴是跟老爸学的。”焦书桓跟着江南的话说。

“我初中同学，他从小学钢琴。”郎涯说着，随后咬了一大口肉包，嘴巴一鼓一鼓的转。

“他怎么了？”焦书桓等不及了，催促着郎涯把后半句话尽快说下去。

“他告诉我，他小学的时候，就暗暗下决心，等他长大以后，他要跟他老爸决裂，父子情义恩断义绝。因为每次他老爸逼他弹奏练习曲，他都很痛苦，可他老爸完全漠视他的痛苦。”郎涯索性端起碗，喝了几口稀饭。

“后来，他上中学的时候，那时候他已经考出钢琴八级，每次学校文艺演出之类的活动，老师都让他上台表演，女生投来羡慕的目光，那时候他觉得自己很厉害。他说，他小学没毕业的时候，已经放弃了长大与老爸决裂的志向，但他被老爸逼迫练琴的感觉，他想起来就很烦。”郎涯说，很庆幸自己没有被强迫学习的经历，他小时候学过一个学期的电子琴，后来喜欢上跆拳道，就学了跆拳道。

“我也有一个学钢琴的同学，她说，她小时候不肯练钢琴，她父亲就用鸡毛掸打她，都打断了好几根鸡毛掸，每次都是打在琴櫈上断掉的。”廖一蕾被郎涯的话牵出了话题，她把油条一头放进豆浆浸湿了，然后再放进嘴里，她觉得油条泡过豆浆更好吃。

“我同学说，每次她父亲举起鸡毛掸的时候，她就一躲一闪，她说她已经很有经验了，总能够使怒气冲冲的父亲手中落空，让鸡毛掸打断在琴櫈上，仿佛童年立下了与鸡毛掸斗智斗勇的赫赫战功。后来，我同学说，她小时候以为是自己聪明伶俐，身手敏捷，躲闪得快，长大以后，她觉得，那时候父亲的鸡毛掸是故意打在琴凳上的。”廖一蕾讲故事一般地说着她同学的故事，所幸她学习钢琴，是她吵着要求父母买钢琴给她的。

他们仿佛说着别人的往事，开始说自己童年时学习各种技能的经历。

“今天的早餐不错。越吃越有味道。”一直闷头专心吃的王一敏开口说了一句。

9

焦书桓从学习萨克斯开始，才真正没有男生敢欺负他，那时他上六年级。之所以没有男生敢欺负他，并非他自己强大无比，人见人害怕。

小学时期的焦书桓，人长得矮小羸弱，假如仅仅如此，可能就被男生忽略掉了，也就不会与什么打斗流血之类的狗血事情，有蛛丝马迹的瓜葛。然而，他长得容易欺负，可学习成绩却好得出奇，这就是他的麻烦的重要原因。

虽然都还是小学生，但班里有几个天生霸气的男生，他们发现，每个学期，总有一些日子里，焦书桓如沐春风，无限风光，风头完全将他们的霸气淹没。于是，他们时常会制造一些机会，欺负焦书桓。后来，焦书桓加入他们中间，和他们一起玩，因为焦书桓电脑游戏玩得好，那几个同学就缠着他。他们总能想出意想不到的玩耍内容，大部分近乎恶作剧。再后来，焦爸焦妈发现电脑经常热乎乎的，才知道焦书桓瞒着他们玩电脑游戏。待他们发现情况的时候，焦书桓的学习成绩已经每况愈下。

焦书桓六年级的时候，焦爸焦妈看他精力有富裕，就让他参加课外学习。焦爸焦妈让焦书桓自己选，他选择了学萨克斯。

“现在，我最好的朋友就是萨克斯学习组的队长。”自从学上萨克斯之后，焦书桓经常跟一些男生这么说。他所说的队长是年级里个头最大的，气势最威猛的，看上去完全像个中学生，关键是学习成绩还优良。渐渐的，焦书桓可以明目张胆地，疏远班里那几个霸气男生了。

真所谓近朱者赤近墨者黑，不多久，焦书桓的学习成绩又好起来了。至于自己的学习成绩，为什么此后再没有恢复以前的辉煌，焦书桓一直追究于那几个霸气男生，他时常调侃，是被他们打伤了。

10

前一天晚上，沙池送走乔布朗之后，回到房间，锁好门。她静静地坐了一会儿，心里有些感慨。乔布朗的话令她惊讶，是什么原因，乔布朗会对她说喜欢她，而沙池明白，乔布朗所说的喜欢，不只是学生对老师的简单喜爱。她又一次自我反省，然而，她并不觉得自己平时对乔布朗有过任何暗示的言语或行动。

沙池忽然想到自己讲课时晕倒的事情，那次她向几位送她去医务室的学生一一道谢，之后，再也没多想那天的事。现在，沙池的记忆回来了。自己当时应该很沉的吧，真是难为乔布朗了，从教室到医务室要经过一个大操场，有些距离的，沙池想。

那天很热，沙池依稀感觉乔布朗是从树荫下走的，而他似乎汗流浃背，他身体上散发的汗味，以及操场上蒸发着的气味，沙池有些记忆。当时，自己的身体挂在乔布朗的双臂上，与乔布朗贴得那么近，她甚至知觉了自己的乳房贴近乔布朗身体，沙池想到这里，忽然脸色变了，脸刷地红了起来，从未在意过的那天的细节，忽然出现了。

他第一次抱沙池是在公园的林荫道上。放暑假之前的一个晚上，有夏季风若隐若现地害羞吹来，他把沙池拉入怀里，双臂环绕她的身体。沙池第一次被一个男人拥抱。第一次知道在一个男人怀里是有安全感的。第一次知道一个男人的怀抱是温暖的。第一次身体贴近一个男人，不觉得羞涩。第一次想让一个男人感知她的身体。

而无常仿佛如那夏季风，吹过的每一阵风，都是变化着的，但当时，沙池哪里会知道，有一天竟连与他握手都不愿意。

乔布朗站在门口，局促不安的样子，说话时欲言又止的样子，出现在沙池眼前。说出自己的小心思，一定是鼓足了勇气，一定是经历了痛苦吧，沙池想。一个学生向老师，而且是女老师表达心思，会经过多大的煎熬，该有多大的勇气啊，希望这件事不要影响到他。是否再找乔布朗谈谈，沙池有些犹豫不决。不过，她想，刚才自己对乔布朗说的一番话，已经考虑了一些因素，不至于让他太受伤害，乔布朗那么聪明，想必能够理解那番话的意思。

沙池站起身，走到衣柜那里，拿上衣物和毛巾，去洗手间洗澡，准备上床睡觉了。

他的手在玫红色与鹅黄色搭配的朦胧图案上磨蹭，然后，仿佛像猎人，守在猎物出没的洞穴门口，不敢动弹。后来，他扮成猎人，慌慌张张地找猎物。再后来，他成了猎人，可以熟练地找猎物。

三百天的日子，有时候，沙池看见太阳从东边跑到了西头，落日霞光里，活轮轮的一个大圆蛋，时而红色的，时而金色的，时而黄色的，有猎人守在树下，等候兔子。沙池偶尔真想扮成兔子的样子，但终究没有。有时候沙池也会想，为什么就不能扮成兔子呢，就让猎人逮住好了。

沐浴露的香味是她喜欢的一种。他的鼻子碰到她，像汪汪一样地嗅着她喜欢的香味。当然，沙池现在不会知道，乔布朗喜欢的香味。而沙池知道，乔布朗是一个长得成熟的男生，可以是他父母的帮手了吧？

舞台上，青花瓷的歌词，从乔布朗口中唱出来。双手插在口袋里的乔布朗，的确很帅，沙池眼前出现了一幅画面。青春犹如画上的笔墨。

乔布朗竟然可以把她从教室抱到医务室，途中需要穿过一个大操场。沙池不由自主追溯而来的记忆，让她记起当时的肌肤触碰，现在想来，心里会有一种不敢深探的感觉，她仿佛路过一个黑暗的隧道口。

11

“你看见的，你听见的，世界上所有的情话，都是我要对你说的。”他对怀里的沙池耳语。

“看不见，听不见。”沙池在他怀里撒娇蹭着。

“我会让你看见的，我会让你听见的。”他说，没有什么事情比跟她在一起更有意义。他的话还继续着，他便已经带沙池去了一个地方。

沙池仿佛被他带到了海上，他们在海上航行。海面波涛起伏，时而巨浪翻腾，仿佛欲将他们沉入海底。时而波浪温和，他们仿佛在海面轻轻飘摇。

那年，他去美国，离开沙池大概有五个多月。他每天都与沙池通话，他说，夜晚很寂静，工作比较忙。沙池也会在寂静的夜晚，想起他们一起在海上航行时的欢乐，最寂寥的夜晚最想，仿佛那样想想，她就又回到了海上，与他在波涛里，与浪搏斗。

“如何继续呢？”沙池面色平静内心绝望地反问他，她决定离开他。

那时候，沙池已经经历了最黑暗的夜晚。为什么会是这样，沙池忍不住又问他。在那一段最暗无天日的日子，沙池脑海里，甚至记起她大学时的男友。假如大学男友在，生活会如何演变呢？沙池知道那样想近乎荒唐，而荒唐想法，仅仅是因为极度伤心。

“你看得见的那一颗星星，就是我。”男友对沙池说，他所说的话，余音尚在，他却不在了。一起去吧，看看风景，挑战山峰，男友对沙池说。沙池说，下次吧。

沙池记得，那个夏夜，没有星星，没有月亮，夜色黑得恐怖，沙池仿佛听到一部灾难故事。此后的连续几天，沙池都梦见山，梦见悬崖，梦见山上坠落的物体。

男友随驴友登山，一失足成了千古恨。

假如大学男友在，沙池想，自己的生活会如何演变呢？然而，没有假如。

12

那天，沙池有一种百无聊赖的感觉，她不知道自己怎么了，她几乎不会有那样无聊的时刻。

“我会很晚回来，不要等我，晚上你先睡吧。”中午的时候老公打电话给沙池。

“好吧，不要太晚了。”沙池似乎有些习以为常了，因为他越来越忙。

从节气上来说，已经过了夏季，虽然是初秋，而白天的气温依然不低，能够比较明显分辨出季节变化的，是初秋的夜晚。夜晚，即使热，也不会像夏季热得那么燥。

沙池忽然想出去走走，去哪里呢，逛商场会觉得更无聊，或者随意地走，或者去哪里坐坐。沙池一边想着，一边关好门窗，准备出门了。

晚上的风有一丝清凉，沙池想，去她那里聊天吧，她现在一个人，或许也正巧没事。沙池这么想的时候，脚步已经朝那个方向去了。

大概走了二十五分钟，沙池就来到了她的住处。

小区保安简单询问了沙池，就让她进入小区。

门口的喷泉，布满树木的小道，沙池见过。给她来个出其不意吧，哈哈，考察一下她正忙什么呢，那样想着，沙池似乎愉快起来。

沙池摁了门铃，在门口等着。不会那么早睡觉了吧，会不会不在家呢，沙池正猜测着，就听到了声音。

“等一等噢。”她的声音清脆地隔着房门，传达沙池耳朵。

“不着急。”沙池微笑着在门外回应道。

“你怎么来啦？”她抬起两条如刷子一样的睫毛，惊诧而喜悦的看着沙池。

“散散步，就走到你这里来了，看我多想见到你啊！”沙池兴奋起来，跟她开玩笑。

“你就让我在这里跟你聊天吗？”沙池看她没有请她进去的动静，就提示她。

“哦，对了对了，快进来吧。”她看上去恍然大悟似的，赶紧把沙池让进门。沙池换了拖鞋。

“一个人住，太宽敞了吧。你可别太自由了啊！”沙池笑着调侃道。她笑笑，睫毛一开一合，并未回答，而是去给沙池倒了一杯水。

“坐吧。说说今天是怎么突然想光顾我这里的。”她陪沙池一起在沙发上坐下。

“今天没什么事，有点莫名其妙的小烦，所以出来走走。”沙池坦白地回答道，与熟悉的同学聊天，总归是简单轻松，而不需要修饰。

“看看我能不能帮助解决问题。”她看了看沙池，笑意盈盈地说道。

房屋是新的，乔迁的时候沙池来过。

沙池放下茶杯，站起身。忽然间，她对墙上的一幅画发生了兴趣，她飘逸地走过客厅的地板，来到画像前，专注的端详起来，她仿佛看懂了绘画人的某些想法。虽然画的是同学，但不是照搬临摹。那位画家很有想法，虽然画得很像，却又画出了同学身上没有的东西，似乎赋予了另一种神韵。

“谁给你画的？很像啊。”沙池站在客厅里的那幅油画前，仔细的欣赏起来。

“是一个熟悉的画家画的，以后介绍给你画吧！”她在沙池身旁，愉快地说道。

“你喜欢把房间的门都关上啊？”沙池回到沙发上坐下，看见她的房门都关着的，视觉上有些不习惯，随口说了一句。

“那两个房间正在整理，不关上有损形象，有损形象啊！”她笑着说，说话的时候，睫毛压下来，又撑上去。

“嗨，你跟我还介意什么，什么形象不形象的，你这里已经够整洁啦。这是普洱？”沙池喝了一口茶，慢慢地说。

“是的，喜欢喝的话，一会儿你带点回去。”她说着，给沙池又加了茶。

“你房间洒过香水？”沙池静静的回味口中的茶，忽然她闻到一种很熟悉的气味，夹杂在鼻子底下的茶香中。

“没有啊。不过，我是习惯用香水的。”她对气味的敏感度不如沙池，也许她身上香水喷得多了。

“不是你用的那种。我敢跟你打赌，你有没有其他香水，是橄榄味的。”沙池很自信的跟她说，她确信那是一款香水的气味。

“打赌就打赌。我真的不用橄榄香的。”她把睫毛抬得高高的，两个水晶球样的眼睛睁得大大的，她也很自信地笑答，因为她忘了一个细节。

沙池站起来，在客厅里走动，走到橱柜前停下，她希望能在这里寻到答案。柜子里摆放了几瓶酒，有茶叶盒，一些饰品，并没有香水。沙池慢慢走回沙发那边去了，就在她转身的刹那，她眼前晃过一双熟悉的鞋，隔着落地玻璃门，放在阳台那边。

“怎么样，没有吧。”她笑呵呵地问沙池，两个水晶球似乎快要把沙池的眼睛撞倒了。

“没有。”沙池下意识地避开了水晶球，那冲击力太强大。沙池说话的时候，又看了看柜子，她还意识到，自己正控制说话的音量和语速。

沙发的柔软度适中，坐着比较舒服，既不硬又不过分软，会让屁股陷进去。坐在那里的沙池，忽然感到后背凉飕飕的，屋里的灯光似乎暗了下来，她感觉到自己的心跳在加速。

沙池转过脸，看着她的眼睛，仿佛像一个勇士那样，迎着水晶球冲过去，她看见水晶球依然如故，熠熠闪光，满含深意，而沙池却仿佛看到了更多，而那更多的部分令沙池毛骨悚然。

"我回去了。"沙池一边说着，一边放下茶杯，拿起了手提包。她隐约感到有某种她不敢直面的危险存在。

"那我送送你吧！"她愉快地说，两个水晶球似乎被睫毛盖住了。

"不用了。"沙池说着就离开了，她感觉到自己走得有些慌张，仿佛小偷偷了别人东西，要赶紧离开现场似的。

走出小区的大门，沙池立即从包里掏出手机，找到手机号码，可她立即又犹豫了，片刻之后，她把手机放回手提包里。

13

沙池在黑夜里走，她感到悲凉和措手不及，几乎是落荒而逃。地上的人影，一路跟着她，不想让她孤独，却又让她显得更孤独。沙池脑海里不知不觉冒出一句"惊起却回头，有恨无人省”，更是有种感伤袭来。

她又犹豫起来，自己的判断是对的吗，毕竟这不是什么可随意猜测的事情。

风有些凉，沙池渐渐不那么慌里慌张的了，还需要什么依据来证明自己的判断呢，有些事情是不需要依据的，与那双眼睛四目相对的瞬间，已尽在不言中，沙池想。可是，也不能武断吧，那么，事情发生的可能性是什么，怎么会发生的。路上怎么那么安静啊，沙池只听见自己的脚步声，看见自己的影子。难道路上的行人，也知道她是仓皇逃离某个现场的吗，沙池一边胡思乱想，一边尽量让自己理智一些。

沙池循着模糊的视线，不知不觉到家了。当她打开房门的时候，屋里的灯是亮着的。沙池知道，他已经到了。难道自己的判断是错的？沙池走进书房，可他不在。沙池再走入卧室，只见他靠在卧室内的躺椅上，闭着眼睛。沙池转身走出了卧室，她闻到房间里的橄榄香。

沙池不由自主地走到鞋柜那里，她确定，刚才自己看见的是真的，但她不知道，所谓的真相是怎么发生的。

沙池走到沙发旁，一屁股坐下来，她感到身体无比虚弱，两条腿几乎站不住，仿佛刚经历了一场意外，仿佛刚经历了一场搏击，人虚脱了一样。

不一会儿，他出现在客厅，向沙发走过来，在沙发另一边坐下。沙池觉得，当前的气场就是答案了，他心里自然有鬼，可沙池猜不出答题过程。

“这么早回来啦？”沙池忍不住打破了客厅里的安静，她朝他那边侧过头，目光聚焦在地板上面，似乎没有勇气看他。

“今天很快就加班好了，正巧有朋友来约，就又去了一个朋友那里。”沉默了片刻，他看着漆黑的电视机说道。

“那你在朋友那儿没呆多久啊？”沙池说话的时候，尽量让自己保持声调平缓。

“后来朋友有事了。”他说话之前留了一段空白。

“和朋友聊什么呢？”沙池看了他一眼，他的目光仍然停留在电视柜上，没有说话，仿佛在沉思什么。

“是男朋友吗？”沙池的目光又回到地板上面，她想知道他究竟会离题多远。

“是女的，是你同学。”他低着头低声说道，似乎迫不得已说话。

“是解答她离婚的事情吗？”沙池绝望地问他，她想知道怎么开始的。

“是解答她离婚的事情吗？”过了一会儿，他仍然保持沉默，沙池重复了刚才的话，内心绝望的堤坝，早已一泻千里。

“你问这么详细干什么？”沙池的话让他越来越难以回避，他似乎受到刺激，开始有些烦躁了。

“什么叫问得详细，详细了吗？你回答了吗？”沙池憋了许久的情绪，被他烦躁的语气激怒了。

“她说她很孤独。”沙池的话，让他意识到了自己的情绪，他立即把语速放缓下来。而他话音未落，沙池忍了许久的眼泪，已噼噼啪啪掉了下来。

“她孤独为什么要找你啊？”沙池伤心欲绝地哭着问他，沙池预感到跟他一起的日子要结束了。当生活中的无常，发生在毫无防备的时刻，往往令人措手不及，难以面对。

“别哭了。”他来到沙池身旁，抱过她。沙池从他怀抱中挣脱出来，她想知道是怎么开始的。

“究竟是怎么回事，怎么回事啊？”沙池哭着问他。他又努力抱过沙池，沙池用尽全身的气力，又从他怀里挣脱出来。

“好吧。”他无可奈何地说了两个字，似乎在说，好吧，全都告诉你。

沙池从面前茶几上的餐巾盒里，抽出一张面巾纸，擦了擦眼泪，等着他继续往下说。

“今天，我是去跟她谈分手的，我不希望再那样继续下去。”他低着头，语调低沉，语速缓慢地说道。

“谈得怎么样？”沙池继续等着他往下说，她想知道怎么开始的，可房间里又是一片寂静。

“不管怎么样，我都与她结束了。”说出这话的时候，仿佛他的烦恼比沙池还多似的。

“她同意了吗？”沙池的目光像不会移动了一样，停在地板上。

“不要管她了，好不好？”他拉过沙池的手说道。沙池的手从他手里挣脱出来，似乎让手孤独，心里更好受一些。

“事情已经发生了，你要我怎么办？”他用怨愤的语气说道，他的双手交叉，放在自己膝盖上面，似乎他有满腹的怨屈。

“你说怎么办？”沙池的心凉得厉害，她想知道究竟是怎么回事。沙池觉得他不谈怎么开始的，就是没有诚意。

沙池默默地站起身来，独自去书房了，她决定住在那里。

他在沙发上呆呆地坐了大概半小时，然后站起身来，走进书房，跟沙池说，他有话要跟她说。

14

会议厅，前一天演唱会的舞台没有改变。早餐后，一些学生陆陆续续走进会议室，去那里说话聊天，看进进出出的同学，看那些认识的和不认识的男生女生。

王一敏他们几个人，从餐厅出来，直接去了会议厅。他们从过道里走，在过道中间的座位，随意地坐下了。

焦书桓在江南旁边坐下，他好像是第一次这样大着胆子，直接靠近江南。

“待会儿朗读的时候，你们谁要伴奏？”焦书桓看看站在他对面的乔布朗，似乎漫无目标地问道。

“我要伴奏。”王一敏出乎意料地回答。

“还有谁，需要伴奏的？”焦书桓继续问。

“其实口琴还是好听的，就是不知道伴奏起来效果会怎么样？”乔布朗心里希望有人为他伴奏，但又担心演出效果。

“非诚勿扰。”焦书桓说了四个字，然后呵呵几下，他看乔布朗犹豫不决的样子，又鄙视了他一下，他本来就不心甘情愿为他伴奏。

“我要伴奏的。”江南想要朗读伴奏，觉得接受焦书桓的好意，大家都会开心一些。

“焦书桓，你能不能吹一首怀旧一点的曲子啊？”江南接着问焦书桓，因为她想要讲一个以前的故事。

“当然可以的。”焦书桓嘿嘿地笑着说。

“我们坐回自己班上的座位去吧！”郎涯看见从大门口进入会议厅的同学越来越多了。

“走吧！”廖一蕾说着，站起身来，其他人也接二连三地起身，他们去找自己班级的座位。

廖一蕾沉默地坐着，情绪有些低落，乔布朗的话触及了她敏感的痛楚。不管乔布朗说去美国的人，是不是指她，都让她联想起曾经告诉过江南的秘密。只有两个人知道这件事，她相信王一敏是不会说出去的，那么，如果乔布朗知道的话，一定是江南说的，而且，很有可能，因为是乔布朗知道，江南不是一直悄悄喜欢乔布朗吗？这是傻瓜都能看出来的。

“你怎么了，没事吧？”王一敏发现廖一蕾神情不对，悄悄问她。廖一蕾没有说话，摇摇头。

廖一蕾可能要去美国，是江南说出去的，可江南忘记了在什么场合，为什么会说起廖一蕾出国的事，不过她没有说廖一蕾爸妈离婚的事情。

乔布朗说有人去美国，不管是否指廖一蕾，都让江南感到尴尬，因为她看见廖一蕾当时面色就不一样了。江南心里想，或者跟廖一蕾解释一下，因为她知道廖一蕾很在意她爸妈离婚的事。而实际上，廖一蕾自从跟江南说出爸妈离婚的事情之后，就不特别在意了，她在意的是江南当时的承诺。

朗读会援用了演唱会的方式，由同学主动上台朗读。王一敏和乔布朗主持。

焦书桓吹的是世界古典名曲《蓝色多瑙河》。随着口琴的伴奏，江南开始绘声绘色地给大家讲述了一个童年的故事。

乔布朗最后一个上台，他朗读了两首自己写的诗，其中一首叫《陌生的朋友》，他自己非常喜欢，朗读起来声情并茂：

陌生朋友
你怎么会知道呢

我故乡在哪里？
它是一个名字
一笔一画
写手心里
这么晚了
还有许多行李

陌生朋友
你知不知道
来来往往的车
去什么地方啊？
我要等，再等等吧
不坐车，我怎么回故乡？

陌生朋友
不要告诉我
流浪很自由
我要去看草地和马
这么冷，还没有防寒准备
为什么想起
安徒生童话和人们不同的故乡

15

朗读会在热烈的掌声中结束了，同学们又以热烈的掌声，迎来了教务主任，他神采奕奕地走上台，开始了一番热情洋溢的讲话。

“最后，我祝愿同学们过一个有意义的，健康的暑假，以饱满的精神，迎接新学期的到来。”同学们报以热烈的掌声，夏令营在掌声中圆满结束了。

“另外，我再次提示一下，我们返校的大巴车，下午两点钟准时发车，希望同学们提前在服务台集合。”教务主任话音才落，同学们就开始起立，那场景就像电影散场。同学们浩浩荡荡地前往食堂午餐。

“我们先去食堂吧！”王一敏跟身边的焦书桓和郎涯说。

“我也去，我都饿了。”廖一蕾似乎和江南说，又似乎和王一敏说。

“好吧，好吧，一起去吧，我也饿了。”江南接着廖一蕾的话大声地说，似乎这样做可以消除与廖一蕾之间的尴尬和小别扭。

“走吧。早点吃好了，还可以回房间休息一会儿。”焦书桓说着，就往前走了。

廖一蕾去美国的事，被乔布朗歪打正着说到了，廖一蕾本来想，能回避这件事就回避，仿佛像一只鸵鸟，头先藏好了再说，不到非说不可的时候，就随它去了。可是，乔布朗提起了美国读书这件事，廖一蕾觉得，自己装作忘记这件事是装不下去了。

廖一蕾开始放慢了脚步，明显落后于同屋住的几个人。王一敏发现廖一蕾走在后面，慢慢吞吞的，刚才还说肚子饿了。

“你是不是不高兴？”王一敏等了一下廖一蕾，与她并排的时候，轻声问了一句。

“没有不高兴。”廖一蕾忽然觉得，去美国读书的事，在去餐厅的路上开不了口。

“真的没有？”王一敏看了看廖一蕾，又追问一句。

“有件事本来想放暑假的时候再告诉你的。”廖一蕾在王一敏的追问下，轻轻地说了一句，语速有些快。

“是你要去美国读书的事吧？”王一敏听廖一蕾这么说，马上就想到了她上学的事。

“是的。昨天我爸妈都给我来电话了，妈妈说服了我爸，现在他们都希望我去美国考大学。”廖一蕾快速地说道。

“那你准备什么时候去美国。”王一敏的反应比廖一蕾想象得淡定多了，因为这个问题王一敏早就思考过了。

“如果我同意的话，下学期就不来学校了，要先去美国读预科，学英语。”廖一蕾说道，她似乎有些犹豫不决。

“你同意了吗？”王一敏转过脸看了看廖一蕾，见她一脸迷茫的样子。

“如果你爸妈都那样考虑，我觉得你不妨照他们说的做，毕竟他们知道更多。”停顿了一会，王一敏对廖一蕾说道。

“嗯。我可能还是会去美国的。”廖一蕾对王一敏笑了笑。

他们说着就来到了餐厅。在跨进餐厅大门之前，王一敏飞快地说了一句，暑假联系。廖一蕾说，好的。

16

沙池很快回到了房间，她快步进入洗手间，整个夏令营期间，偏巧来例假，走很多路，有点麻烦。

她从洗手间出来，直接就把自己放倒在床上。终于可以松下一口气了，下午学生安全抵达学校，夏令营工作就算圆满了，沙池躺在床上懒懒的样子，似乎很享受。可没躺多久，她就想到暑假要去处理的那件事情，一想到那件事情，自在的感觉又跑了。

沙池想起，他在美国的时候，她是如何期待他的归来，如何自律的。

“在美国偶然遇见的，聊了几句，没想到很近，还是你同学。”他说的话。沙池想，假如不是同学，不是认识的人，自己会不会更能承受一些。

“在美国待了五个月，也许一个人在外面太久了，又正好遇见有心人。”他说的实话。沙池想，为什么自己没有像他那样开明，而独自虚度一个个黑夜，独自迈过无数虚空的时刻呢。沙池顿然感悟，珍惜要对懂得珍惜的人才是值得的。

沙池想起爸妈曾经对她的劝说，农村里长大的没见过什么世面，容易走迷途。可那时候，沙池根本听不进去。

沙池终于知道他和同学是怎么开始的，什么时候开始的。那么，后面的事，沙池毫不费力地可以判断了。而后面的一系列事，更让沙池要坚决结束与他的婚姻。

“相信业务专家。”沙池想起那天同学来探访前，他拍拍她的手说的那句话，忽然觉得被明目张胆地愚弄了。

“既然她离婚的事，早在美国的时候就向你咨询好了，那么，那天她来的目的，是来看看，你待我如何，幸福不幸福？”沙池想起那天的情形，仿佛自己是个傻瓜，她再次回到客厅的时候，同学与他的熟悉程度，应该不是一面之交。

“那天晚上，你为什么不阻止她，不要让她开门。”沙池痛心疾首地问他，为什么同学要迎接她的到访。

“我阻止过，可没拦住她。”他无可奈何地说，听上去似乎像是一句实话。沙池想，自己的眼太钝了，不是别人的演技好。

沙池躺在床上，她提醒自己说，不要再去想那件事情了，暑假里办妥离婚手续就好。虽然每次都这么想，可偶尔还是会想起他曾经待她的好，每次这样的念头闪过，她的心就一片一片地粉碎了。她又安慰自己，碎了的东西，缝缝补补自己还会要么，当然不要了，这么想着，沙池的心似乎平静了一些。

她想睡一会儿。这时候，手机响了，是焦书桓父亲的电话，他对沙池说，能否一起晚餐。

17

从餐厅走出来的时候，焦书桓接到了父亲的电话。焦爸说，你到达学校时就等在那里，焦书桓回焦爸说，知道了。

正午，夏天的太阳照下来，似乎都是毫不留情的，太阳并不会因为照在度假区，而偏斜一些，柔弱一些。焦书桓理着平头的脑袋，似乎被太阳烫着了，他走路的时候，时不时的用手摸摸头顶。

“你要像我这样，头发留得长一些，就不会被烫着了。”乔布朗对走在身旁的焦书桓调侃道。

“呵呵，像你，看后脑是男生，看正面分不清男生女生的。”焦书桓不以为然地说。

“好热啊，我要快走了。”江南说着就加快了脚步。

“是啊是啊，再不快走，我的头要被烤焦了。”焦书桓说着，加快了脚步，他快步走到江南身边，然后轻轻说，待会儿到宿舍的时候，我有事找你。

江南快速看了看焦书桓，然后点点头。

几个人在乔布朗打开房门的瞬间，迫不及待地进去了。半天时间，又是朗读，又是说话，都是动嘴的事，现在他们都想让嘴休息了，于是，纷纷迅速地安静走入房间。

焦书桓和江南停住了脚步，留在客厅。江南基本上猜到焦书桓找她有什么事情。

“江南，我真的很喜欢你，我不会放弃的。”焦书桓腼腆地看着江南，对江南说。他已经比前一天大胆了许多，仿佛一夜之间长大的。

“暑假里我会去找你的。”焦书桓轻声地说，他看见江南红着脸，点点头。然后，他们分别走去自己房间。

郎涯和乔布朗都躺在床上休息。

“你说廖一蕾要去美国读书吗？”郎涯和乔布朗开始聊天。

“可能吧！”有一天，江南带着天方夜谭般的神情，跟乔布朗说到廖一蕾可能会去美国考大学的事情。其实，出国读书已经不是什么新鲜事了，乔爸乔妈早跟乔布朗讨论过是否去美国读大学的。

“王一敏会去美国吗？”郎涯问，他毫无疑义地把乔布朗当作知情人了。

“我不知道。哎，你说他们两个究竟到什么程度了。”乔布朗问郎涯，他几乎确信郎涯在这个问题上是有判断经验的。

“我猜他们爸妈都不知道的。”郎涯若有所思地说。

“我是说他们的亲密程度怎么样？”乔布朗从来没看见王一敏和廖一蕾很亲密的单独在一起过，他觉得，他们的关系似乎有些虚。

“我想应该接过吻。王一敏那么老道的。”郎涯凭经验说话。正说着，手机短信进来了。他看了一眼短信，随即就一骨碌起身下床，拿过书包，拉开书包拉链，开始急急忙忙地翻看起来。

“你找什么啊？迫不及待的样子。”乔布朗问，他用不解的眼光，看着突然行动奇怪的郎涯。

“肖妹说，大前天，她来的时候，在我书包里放了一封信。我怎么找不到。”郎涯眼睛看着书包，似乎回答乔布朗的心思都没有。

“问问她放在哪里吧？”乔布朗觉得郎涯找不到信的样子竟像个没头苍蝇似的。

“我先找找，她说在书包里。”郎涯索性把书包里的东西，全部倒到桌子上面了。他终于在一本笔记本里找到了信。信是封好的，于是，郎涯仔细的打开封口，拿出信纸，然后回到床上，靠着床背，打开信，看了起来。

郎涯：

你好！这或许是我写给你的最后一封信，因为担心影响你夏令营，所以现在才告诉你我的信，请原谅。

谢谢你邀请我去夏令营度假区玩，我度过了一个美好的夜晚。和你一起在校园里的日子是难忘的。暑假过后，我们都将为高考准备，我知道你想考北京的学校，你一定会如愿以偿的。你也知道，我想考自己喜欢的大学，放弃了学校保送的名额。如果不是因为家里出了意外，我已经是一名大学生了。

暑假里，我就要去读书了，我已经辞掉了超市的工作，准备去加拿大读书。我小学同学和我一起去，他爸和我爸是大学同学，我们接受了他们的帮助。

请你不要难过，祝你考上自己喜欢的学校。

信的落款是肖妹的名字和那天的日期。

“出什么事了？”乔布朗诧异地问道，他一直注意着郎涯，这时又看见郎涯泪眼模糊的样子。

“肖妹说，她要去加拿大上学了。暑假里就去。”郎涯的回答，让乔布朗也受惊不小。

18

江南从窗帘的一缕空隙中看出去，外面的太阳光很刺眼。从太阳光的一片空白里，她仿佛能看出，室外干燥的空气和炽热的温度。

夏令营只有几天时间，而江南感到，仿佛度过了一个长长的假期。假期是愉快的，江南给出了一个自我评价，夏令营似乎发生了很多事情，她也感受到许多，仿佛像一次浓缩的人生经历。

江南的视线从太阳光里移到室内，然后合上眼睛，与其说是闭目养神，不如说，她有一些事情，需要静下来，面朝自己内心，再想一想。

她似乎被焦书桓刚才对自己说的话，以及他说话的神态打动了。

她想起焦书桓带来的小兔子，想起他被数学老师批评的尴尬样子，江南有些歉意，而后又悄悄地笑了，那笑里仿佛有一丝味道，令她感到心情愉快。她又联想到乔布朗，乔布朗总是让她纠结和痛苦，她似乎明白了这是为什么。

有一件事，江南感到如释重负了，她觉得是夏令营带给她的。她曾经坐卧不安地纠结，要不要给乔布朗写信，现在她知道，自己不会给乔布朗写信了。

江南下床了，打算去洗手间，然后回来整理行李。她轻轻拧开房门出去，随手把门关好。

江南一抬头，看见焦书桓坐在沙发上，他似乎不知道怎么跟江南打招呼，嘿嘿地嘴角往上咧了咧。江南笑笑，就朝洗手间走去。

“廖一蕾，有件事情跟你说一下！”江南回到房间，看见廖一蕾已经起床。

“什么事啊？”廖一蕾问，一边梳着辫子。

“嗯，你去美国读书的事，是我不小心说出去的，不过我没有说你爸妈离婚的事情。”江南慢吞吞地说，她不希望廖一蕾误会。

“没事的。我真的要去美国读书了。可能暑假就走。”廖一蕾说话的时候，眼里亮晶晶的，忽然有些潮湿。

“真的吗，你已经定下来了？”江南虽然早就知道廖一蕾随时可能去美国，但现在听到廖一蕾说，仍然像是从未听说过那样，她睁大了眼睛。

“以后我们要用微信、QQ 联系了，好在现在网络很方便。”廖一蕾笑着对江南说，眼睛依然迷濛。

“嗯，我们永远保持联系。”江南的眼睛变得湿润起来。

客厅里，除了郎涯，其他人都到了。乔布朗说，郎涯已经先去服务台那里了。

“大家检查一下行李，自己的物品不要忘在这里，特别是手机。”焦书桓、廖一蕾几乎同时说道。

“好留恋这里啊，拜拜了，夏令营。我很不舍。”江南说出了大家的心里话，虽然几天时间，却令他们难忘。

“我想告诉你们一件事情。”廖一蕾看大家都在场，就想把自己要去美国读书的事跟他们说，她担心后面做出国准备，没有更好的告别机会了。

“我暑假就要去美国读书。先在这里祝你们高考顺利，考上自己喜欢的学校。”廖一蕾想尽量说得轻快些，可这样想着，说的时候却有些泪眼汪汪了。

“喔，好的啊。”乔布朗称赞道，心想，或许自己以后也会去美国。

“放假还可以回国的吧，多联系！”焦书桓笑着说道，他又看了看江南，他似乎也有些惆怅。

廖一蕾不好意思跟男生拥抱，她走到江南身旁，两个女生拥抱了一下，这一拥抱，两个人的眼泪再也忍不住了，都哭了。她们又赶紧把眼泪擦去。

集合时间快到了，他们走出客厅大门，一起去服务台那里。

19

如果用人山人海来描述服务台的情形，是言过其实了，但是，用人声鼎沸来描述服务台的情形，基本属实。几乎所有的男生女生，都处在亢奋状态，既为离别而依依不舍，又为返程而雀跃欢喜。

“请同学们安静下来！”演唱会唱歌表演的英语老师，此刻差点要唱起来了，他大着嗓门对叽叽喳喳的学生喊了一声，服务台前立刻安静了下来。

“请各班点一下人数，人数到齐的班级，跟沙老师说一下。人数齐的班先上车。”英语老师说罢，转过脸，笑着跟沙池点点头，沙池也点点头，回应了一下。

“你来了，我刚想发短信给你。”焦书桓看见郎涯走过来，低声对他说道。郎涯没有说话，站在焦书桓旁边。

“王一敏，我们班同学都到了吧？”沙池走过来问。

“都齐了。”王一敏大声回答道，他看见郎涯已走进班级队伍里。

“好，你带大家先上车吧，我马上过来。”沙池对王一敏说。

大巴车启动了，离开了同学们熟悉的住宿区。阳光照耀在排屋前树木的枝叶上，从车窗外迅速地，一片一片掠过，看过去仿佛巨大的风，正温柔地吹拂着它们。那一片树木，陪伴了同学们无数个日夜，它们的汁液和清香，已成了同学们熟悉的记忆。

山坡上，满目的玫瑰、月季，仿佛一幅巨大的油画，在车窗外连绵不断的展示着，慷慨地让同学们尽情欣赏，让他们看个够，仿佛同学们奔跑在花海里。

又见草坪了，夏令营的第一天，同学们在这里欢度的夜晚，仿佛永远都会记忆犹新。焦书桓仿佛又看见篝火围起的舞台中央，有一大朵花，绽放在那里。他仿佛又听见草坪上飞扬的歌声。

“我们一齐唱首歌吧，或者请谁独唱一首曲。”焦书桓按捺不住了，大声地提议道。

“唱什么歌呢？”同学们立即响应焦书桓的提议，或许他们也按捺不住心中的歌声了。谁会面对一路的美景和美好记忆，无动于衷呢！

“我们请麦霸给我们起个头吧！”焦书桓大着声说道，有同学即刻就呼唤江南的名字了。

郎涯坐在最后一排最里面靠窗的座位，他看见汽车路过影视街的街口。

“我们一齐唱一首《同桌的你》，好不好？”在同学们热烈的掌声中，江南起头，大家一齐唱了起来：

明天你是否会想起
昨天你写的日记
明天你是否还惦记
曾经最爱哭的你
老师们都已想不起
猜不出问题的你
我也是偶然翻相片
才想起同桌的你
……

好吧，故事先到这里。我以后再讲故事给你们。